町奉行内与力奮闘記六

雌雄の決

上 田 秀 人

幻冬舎時代小説文庫

町奉行内与力奮闘記六

雌雄の決

目次

●江戸幕府の職制における江戸町奉行の位置

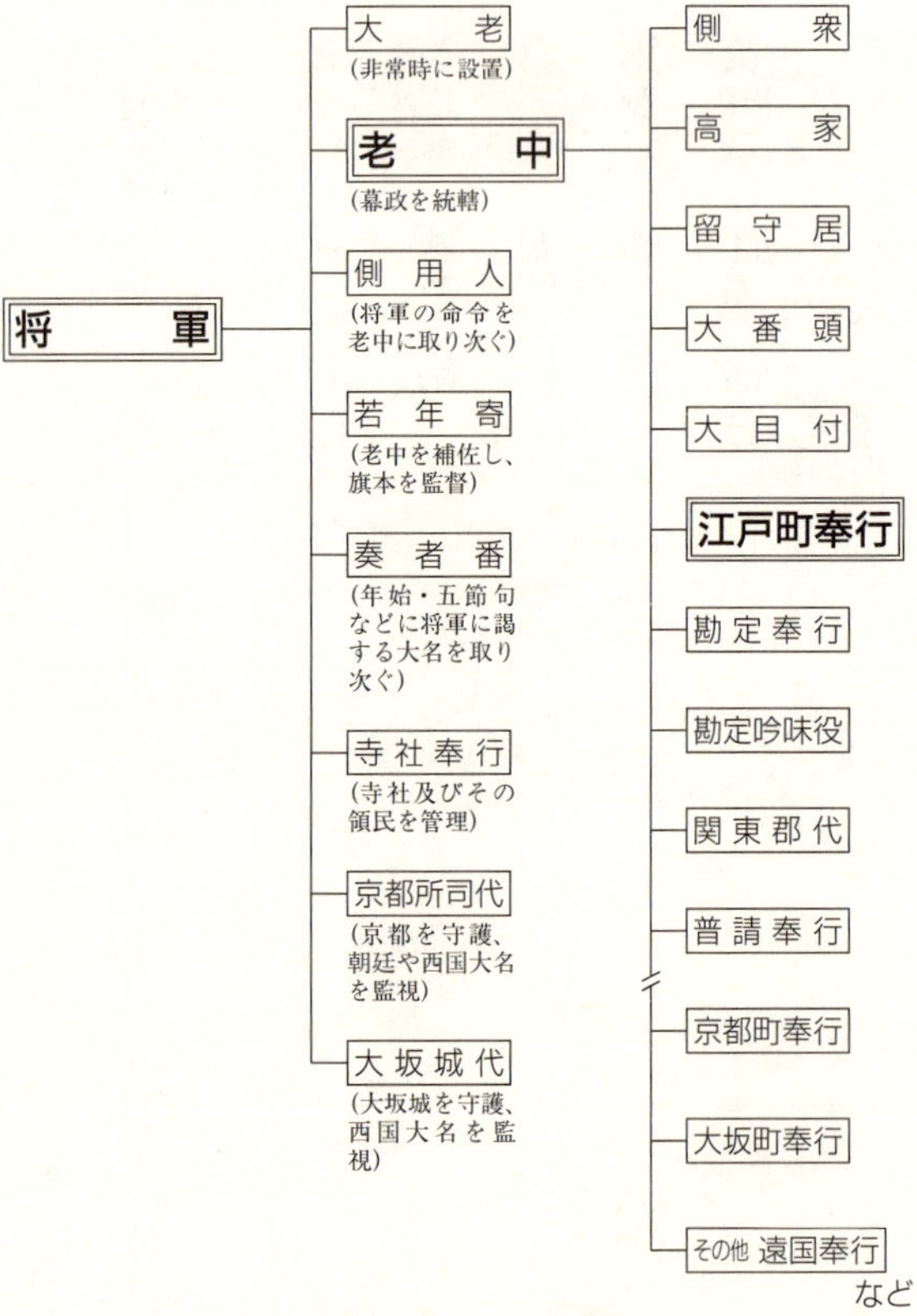

※江戸町奉行の職権は強大。花形の役職ゆえに、その席はたえず狙われており、失策を犯せば左遷、解任の可能性も。

●内与力は究極の板挟みの苦労を味わう！

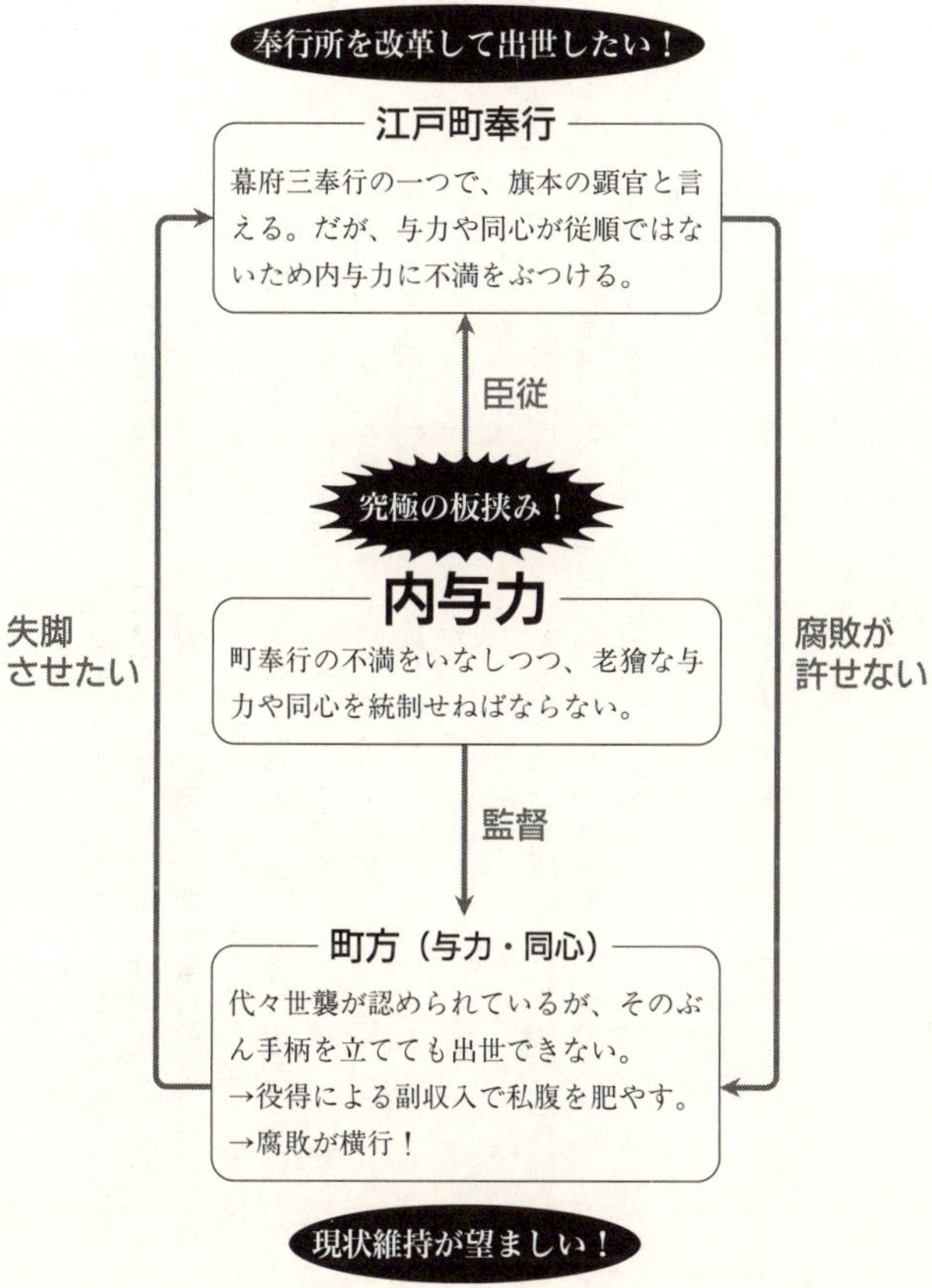
奉行所を改革して出世したい！
江戸町奉行
幕府三奉行の一つで、旗本の顕官と言える。だが、与力や同心が従順ではないため内与力に不満をぶつける。
臣従
究極の板挟み！
内与力
町奉行の不満をいなしつつ、老獪な与力や同心を統制せねばならない。
監督
失脚させたい
腐敗が許せない
町方（与力・同心）
代々世襲が認められているが、そのぶん手柄を立てても出世できない。
→役得による副収入で私腹を肥やす。
→腐敗が横行！
現状維持が望ましい！

【主要登場人物】

城見亨　本書の主人公。曲淵甲斐守の家臣。二十四歳と若輩ながら内与力に任ぜられ、忠義と正義の狭間で揺れる日々を過ごす。一刀流の遣い手でもある。

曲淵甲斐守景漸　四十五歳の若さで幕府三奉行の一つである江戸北町奉行を任せられた能吏。厳格なだけでなく柔軟にものごとに対応できるが、そのぶん出世欲も旺盛。

西咲江　大坂西町奉行所諸色方同心西二之介の長女。歯に衣着せぬ発言が魅力の上方娘。

播磨屋伊右衛門　咲江の大叔父。日本橋で三代続く老舗の酒問屋。

志村　播磨屋伊右衛門が雇った用心棒。城見亨の剣の腕を認めている。

池端　播磨屋伊右衛門が雇った用心棒。凄腕。

竹林一栄　江戸北町奉行所吟味方筆頭与力。*

左中居作吾　江戸北町奉行所年番方与力。*

江崎羊太郎　定町廻り同心を何年も務め、若くして実力を認められた臨時廻り同心。

石原参三郎　江戸北町奉行所の定町廻り同心。竹林のやり方にやや疑念を抱く。

陰蔵　江戸のほぼ中央を縄張りにする刺客の頭領。

お羊　陰蔵の配下。

巳吉　陰蔵の配下。

施兵衛　陰蔵が居候させてもらっている博徒。

＊吟味方与力　白州に出される前の罪人の取り調べなどを担当する。

＊年番方与力　奉行所内の実務全般を取り仕切る。

第一章　あぶり出し

一

博打《ばくち》は単純なものほどはまりやすい。

さいころ二つを使う丁半、三つを使うちんちろりんなどが、難しい理屈を覚えなくてよいうえに、偶然性が高く、夢中になりやすい。

とくに丁半と呼ばれる、さいころの出目が奇数か偶数かを当てるものは、勝てば掛け金が倍になり、負ければ没収されるという簡潔さも受け、江戸における不特定多数を相手にする博打としては、もっともよくおこなわれていた。

「いきますぜ」

壺振《つぼふ》りと呼ばれる男がいかさまをしないとの保証に諸肌《もろはだ》脱ぎで、右手にさいころ二つを持ち、左手に湯飲みを構えた。

「……はっ」

右手のさいころを湯飲みに投げ入れ、素早く空中で回し、畳に押しつける。

「さあ、どうぞ、張ってやっておくんなさい」

壺振りの隣に座っていた男が、集まっている客に合図した。

「丁に二枚」

「こっちは半に三枚」

じっと壺を振った男の手元を見ていた男たちが、木札を張り出した。

「丁に二枚不足でござんす。追加の方はござんせんか」

壺振りの隣に座っていた男が、すばやく勘定をした。

「…………」

客からの反応はなかった。

丁半博打は、張られた札を勝ったほうが全取りにし、それを枚数に応じて配分する。不均衡なまま賭《かけ》を成立させてしまうと、胴元が不足分を負担しなければならなくなる。胴元は賭に加わらず、金を木札に、木札を金に交換するときの手数料で稼

ぐのがもっとも儲《もう》かる。うかつに賭に加われば、いかさまでもしない限り損すると
きもある。

「ございませんか。なければ流れといたしますが」

賭はなかったことになるぞと、勘定をする男が客たちを見回した。

「足りねえのは丁方二枚だな。ほら」

少し離れたところに座っていた陰蔵《かげぞう》が、木札を二枚投げた。

「こいつは、どうも」

勘定を担当する男が恐縮した。

「丁半、数揃《そろ》いやした。開けやす」

壺振りの男に、勘定を担当する男が合図を送った。

「ごらんを」

壺振りの男が湯飲みを持ちあげ、そのまま両手を万歳の形にあげる。これもいか
さまをしていないという表現であった。

「二、六で、八。丁でござんす」

勘定をする男がさいころの目を読んで、丁の勝ちだと宣言した。

「やったぜ」

「くそお」

悲喜こもごもの声があがり、木札が動いた。

「陰蔵の叔父貴、どうぞ」

勘定をしていた男が木札を四枚、陰蔵のもとへ持ってきた。

「おめえたちで一杯やりな」

陰蔵が受け取りを拒んだ。

「こいつはどうも」

勘定をしていた男が、礼を言って木札を引っこめた。

無頼《ぶらい》のなかで遠慮は、相手を侮辱する行為になる。相手が見栄を張ったのだ、それを通させるのが筋であった。

「陰蔵の兄い」

博打の場から畳二枚ほど離れたところで、長火鉢を前に煙管《きせる》をくわえていた男が、陰蔵に話しかけた。

「……………」

陰蔵が長火鉢の前へ移動した。

「気を遣ってもらって申しわけねえ」

煙管をくわえていた男が陰蔵に軽く頭《こうべ》を垂れた。

「いや、居候をさせてもらっているんだ、当然のことさ」

陰蔵がなんでもないと手を振った。

「気にしないでくれ。兄いならいつまでもいてくれていいんだからよ」

煙管を口から離して、男が告げた。

「悪いな、施兵衛《せいべえ》」

陰蔵が頭を下げずに詫《わ》びた。

「町奉行所だって」

施兵衛と呼ばれた男が問うた。

「ああ、北町奉行所だ」

「北町……あそこは、兄いと繋《つな》がっていたんじゃ」

「繋がっていたやつと奉行が対立しやがってよ。それに巻きこまれた形になる。

播磨屋《はりまや》しっているか」

「日本橋の酒問屋なら」

訊《き》かれた施兵衛が確かめた。

伊勢屋《いせや》ほどではないが、江戸に播磨屋という名前の店は多かった。

「そいつだ。そこの係人の女を攫《さら》ってくれという話だったんだけどよ。見事に失敗してしまった」

「兄いが失敗」

小さく頭を振った陰蔵に、施兵衛が驚いた。

「竜崎《りゅうざき》先生は、どこかにお出かけだったんで」

陰蔵の切り札、浪人の竜崎を施兵衛も知っていた。

「……死んだよ」

「えっ……」

「大弓の梓太郎《あずさたろう》もな」

「…………」

続けられた結果に、施兵衛が唖然《あぜん》とした。

「生き残ったのは、連れてきた巳吉《みきち》とお羊《よう》だけだ。ああ、有象無象は品川に逃げて、少し残っているだろうがな」

襲撃の後、信頼できない配下たちを品川が集結地だと偽って、陰蔵は切り離していた。

「では、今の兄いは……」

「……なんだ、文句でもあるのか」

ねめつくような目で見る施兵衛に、陰蔵が凄《すご》んだ。

「とんでもない。気に障ったなら謝るから」

施兵衛が詫びた。

「そうかい。今は世話になっている身だからな。どれ、ちと休ませてもらう。賭場《とば》は熱くなっていけねえ」

陰蔵が賭けごとのおこなわれている座敷を後にした。

「…………」

その背中を見ていた施兵衛が、部屋の隅に控えていた男を手で招いた。

「調べて参りやす」

なにも言われていないにもかかわらず、男が言った。

「浅吉、ついでに用人の中川さまに会いたいと伝えておいてくれ。小半刻（約三十分）ほどでお邪魔するとな」

「へい」

首肯《しゅこう》した浅吉が出ていった。

「こいつは、見逃せねえぜ」

施兵衛が煙管を長火鉢にたたき付けて、灰を捨てた。

江戸城でもっとも敬われているのは、将軍であった。そして、もっとも怖《おそ》れられているのが目付《めつけ》であった。

目付は千石高、布衣《ほい》格を与えられる。若年寄《わかどしより》支配で中の間詰、その職掌は旗本、御家人の監察、幕府の秩序、江戸城内の礼式を保持し、非常時の指揮を執り、城下の火事には臨検した。

また、評定所への陪席、役目に要《い》るとあれば、京、大坂、長崎へも出向き、改易となった大名の城受け取りなども担当した。

幕府の法度《はっと》はもとより、礼儀礼法にも通じておらねばならず、旗本のなかでも俊英と呼ばれた者が選ばれた。

曲淵甲斐守景漸《まがりぶちかいのかみかげつぐ》もかつては目付であり、そこから大坂西町奉行を経て、四十五歳の若さで江戸北町奉行に抜擢《ばってき》された。

「その奥から二つ目が町奉行の下部屋だ。そこで待て」

曲淵甲斐守が、江戸城中御門を入ったところで内与力《うちよりき》城見亨《しろみとおる》に命じた。

下部屋とは、江戸城へあがった役人が着替えや弁当を使うための小部屋であった。老中ともなると個室を与えられるが、町奉行は南北二人で一つの部屋を共用した。

「よろしいのでございまするや」

今は内与力として直臣扱いされているが、亨は本来曲淵甲斐守の家臣で陪臣《ばいしん》でしかない。陪臣が江戸城に入るなど、亨は畏《おそ》れ多く二の足を踏んでいた。

「かまわぬ。町奉行はその職責上、いつ奉行所と遣《や》り取りをせねばならぬかわからぬゆえ、使者役を下部屋へ控えさせることは認められている。南町奉行の牧野大隅守《まきのおおすみのかみ》どのも内与力を一人、たまにお連れになる」

「さようでございましたか」

亨は説明を受けて安堵《あんど》した。

「では、待っておれ」

「はい」

命じられた亨は、曲淵甲斐守が見えなくなるのを確認して、下部屋の襖《ふすま》外から声をかけた。

「ご無礼仕《つかまつ》る」

「どうぞ」

なかから応答があった。

「北町奉行曲淵甲斐守の内与力、城見亨でございまする」

襖を開けて、なかに入った亨は正座をして名乗った。

「承った。拙者南町奉行牧野大隅守の内与力、多々良隼人《たたらはやと》と申しまする」

先にいた内与力が応じた。

「初めてお目にかかるかの」

四十歳をこえただろうと思わせる多々良隼人が、亨に問うた。

「はい。本日初めて江戸城へあがらせていただきましてございまする」

年長者への礼儀として、亨はていねいに答えた。

「さようか。いかがでござる、お城は」

「いや、すさまじいまでの見事さだと感嘆いたしましてございまする」

「まさに、まさに。外から威容を拝見してはおりますが、なかに入るとまた違っておりましょう」

素直な感想を述べた亨へ、多々良隼人が微笑《ほほえ》んだ。

「いや、しかし、お若いの。おいくつになられた」

「二十四歳でございまする」

隠すことでもない、亨は年齢を教えた。

多々良隼人が驚いた。

「……それは」

「若輩者でございまする。なにとぞ、ご指導のほどよろしくお願いしまする」

身分は内与力として同格になる。ここで手を突けば、北町が南町の下になったと取られる。亨は歳下《としした》としての言葉遣いで敬意を表しながらも、頭はわずかに下げるに留《とど》めた。

「拙者にわかることでございますれば、なんでもお訊きあれ」

多々良隼人がうなずいた。

「早速でございまするが、南町では町方《まちかた》役人たちとどのように接しておられましょう」

一年ほど牧野大隅守のほうが早く町奉行になっている。となれば多々良隼人も一年内与力の経験を持っている。亨は懸念していることを問うた。

「……別にこれといって、変わったことはいたしておりませんが」

一瞬だけ躊躇《ちゅうちょ》した多々良隼人が言った。

「内与力として、町方役人と接するのに気を付けておいたほうが、よいことなどはございませぬか」

その間に気付かず、亨は重ねて質問した。

「さようでございますなあ……」

考える振りで、多々良隼人が間を取った。

「……町方役人はお役目に精通いたしておりますゆえ、我らが邪魔をせぬようには気を付けておりまする」

「邪魔……でございますか」

亨が首をかしげた。

「はい。町方役人には町方役人のやりようがございまする。下手人を捕まえるためにあれこれ手立てをしているところに、まったく捕縛の経験もない我らが口出しをしては、喰《く》い違いが出て面倒でございましょう」

「餅《もち》は餅屋と」

「…………」

確認するように言った亨に、多々良隼人が無言で肯定した。

「しかしでございまするが、もし、町方役人のやることがまちがっていたとしたら……」

「町方役人がまちがっているよりも、わたくしたちが要らぬ手出しをするほうが被害は大きくなりがちでございますぞ。現場になれていない上司が、ああしろ、こうしろと口を出したために、皆が混乱して下手人を逃がしてしまった、では困りましょう」

納得しない亨に多々良隼人が述べた。

「たしかにそれは問題でございますが……それをしてはならぬとわかっていても、

町方役人たちになにも言うべきではないと」

　亨が続けた。

「貴殿はどのような答えをお求めかの」

　さらに突き詰めようとした亨に、多々良隼人が険しい顔を見せた。

「どのような答え……」

　亨がうろたえた。

「どうも貴殿を見ておりますとな、質問しながらも、すでに己のなかで答えを持っておられるように見えまする。それにわたくしを同意させたいとしか思えませんな」

「…………」

　非難された亨が黙った。

「町方役人は、町奉行さまに従うべき……そうお考えなのでございましょう」

「……なっ」

　図星を突かれた亨が焦った。

「やはり」

多々良隼人が嘆息した。

「聞けば、北町では筆頭与力と曲淵甲斐守さまの間に溝があるとか」

「それをどこで」

より一層亭の心が乱れた。

「与力どもからでござるよ。町方役人は一枚岩、正確には違いますが、ほとんどそう考えてよろしゅうござろう。町方役人はそのなかでしか、つきあいませぬでな」

多々良隼人の口調がくだけてきた。

「飯を喰うのも、酒を呑《の》むのも八丁堀《はっちょうぼり》のなか。ああ、おわかりでしょうが場所という意味ではございませんぞ」

「わかっておりまする」

馬鹿にされた亭が膨れた。

「結構」

確実に多々良隼人が亭を格下と見た。

「内与力という役目を貴殿ははき違えておりませぬかの」

「はき違えているとは」

意味がわからず、亨が問うた。

「内与力は、町奉行さまの家臣ではございませぬ」

「なにを言われる。城見家は関ケ原以来ずっと仕えてきた譜代の家臣でござる」

多々良隼人の言葉に、亨は反発した。

「青いの、貴殿は」

「いかに先達といえども……」

「それが青いと申したのだ」

馬鹿にされた亨が激した。

「ここは城中、そこで大声をあげるなど」

「あっ」

たしなめられた亨が顔色をなくした。

江戸城中は目付が巡回している。その目付に咎《とが》められたら、咎めは一人亨だけでなく、主君たる曲淵甲斐守にも及ぶ。

「少しは落ち着かれよ。なにかする前にもう一度考えなされ」

子供を諭すように、多々良隼人が宥《なだ》めた。

「…………」

　正論に亨はなにも言えなかった。

「たしかに吾《わ》が多々良も牧野家に仕えて十代を数える譜代じゃ。しかし、それは内与力の間は忘れねばならぬ」

「なぜでござる」

　亨が訊いた。

「内与力は幕臣でござるぞ。お目通りはかなわぬまでも、禄は町奉行所に与えられている知行、大縄地から出されておる」

「それは存じおります」

　知っていると亨が首肯した。

「おわかりならば、どうするか言うまでもありますまい。侍は禄をくれる相手に忠義を捧げる」

「…………」

　亨が多々良隼人の意見に絶句した。

「譜代の殿を裏切れと」

「裏切りではござらぬ。禄をくれておられぬお方に、盲従してはならぬとお教えしている」

「それが裏切り以外のなんだと……」

ふたたび亨は興奮した。

「落ち着きなされ。声が大きい」

「あっ……」

亨は口を手で押さえた。

「重代の主君には、永遠に忠誠を尽くす。それは結構なことだが、主家が改易されても同じことが言えるかの」

「主家が改易など、口にしてよいものではございませぬ」

多々良隼人を亨が咎めた。

「たとえじゃ、たとえ。たとえ話さえ許されぬとなれば、これ以上話はできぬ」

「……失礼をいたしました」

強気に出られた亨が折れた。

「主家が潰《つぶ》れ、浪人した者が運良く再仕官を果たした。さて、その後、旧主家が訪ねてきた。おぬしに金をたかりに来たとしよう」

「金ならば出しましょう」

ためらうことなく亨が告げた。

「見事であるな。では、金ではなく、今の主家に仕官できるように口を利いてくれと頼まれたとする。おぬしならどうする」

貴殿がおぬしにまで落ちた。

「それくらいならば……」

「ああ、一つ付け加えよう。旧主家が潰されたのはその御仁が、何一つ幕府から言われた役目を果たさず、なまけていたからだ」

「むっ……」

亨が口ごもった。

人を紹介する。それには責任が伴った。なにかあったときには、わたしが責任を負いますので、どうぞ召し抱えてやってくださいという責任が伴った。

「できるか」

「重代の殿であるならば……」

苦渋ながら亭が選択した。

「いや、見上げたものだとは思うがの。それは武士としてどうなのだ。おぬしはすでに別の家の家臣、そこから禄を受けている。いわば、そちらに忠義を尽くさねばならぬ立場だ。それでいながら、役立たずを主家に推薦するという。それは忠義にもとるのではないのかの」

「…………」

亭は黙るしかなかった。

「答えられよ。黙るのは卑怯《ひきよう》であるぞ」

多々良隼人が迫った。

二

城中中の間は目付部屋とも言われる。監察役たる目付が使用しているため、そのなかには他見を避けるべきものも多く、他の役目の者が入ることは許されていない。老中、直属の上司である若年寄でさえ入れない目付部屋に出入りできるのは、殿中の雑用を一手に引き受けるお城坊主だけであった。

「頼む」

亭と別れた曲淵甲斐守は、目に付いたお城坊主を呼んだ。

「甲斐守さま、御用でございますか」

お城坊主が素早く駆け寄ってきた。

家禄二十俵ほどしかないお城坊主は、城中での雑用を引き受けることで得られる心付けを大きな収入としていた。

「まずはこれを」

城中での金代わりとして使われている白扇を曲淵甲斐守がお城坊主に渡した。これは家格や役目によって決まった金額として扱われ、屋敷へ持ちこめば換金できた。

「ありがとう存じまする」

曲淵家の紋が入った白扇を、お城坊主が目よりも高くいただいた。

「なにをいたしましょう」

お城坊主が用件を尋ねた。

「今月の当番目付どのに会いたいのだが」

「当番目付さまでございますね。ただちに行って参りましょう。場所は中の間前の入《い》り側《かわ》でよろしゅうございましょうか」

「それでよい」

入り側とは畳敷きになった廊下のことで、役人たちの立ち話や打ち合わせとして使われていた。

「では……」

素早く白扇を懐に仕舞ったお城坊主が、小走りに離れていった。

「速いの」

その後を、曲淵甲斐守はゆっくりと追った。城中は走ることが許されていない。礼儀礼法ですべてを縛り、大名、旗本に気苦労を強いるのが幕府であった。

「まあ、どうせ当番目付も遅かろう」

曲淵甲斐守は相手を待たすことにはならないと確信していた。

目付の矜持《きょうじ》は高い。旗本のなかの旗本、すべての規範は吾《われ》にあり、いや、吾こそが法度であると考えている。かつて目付であっただけに、曲淵甲斐守もそのあたりは十分に理解していた。

城中の使者役でもあるお城坊主は、医師とともに走ることが認められている数少ない役目であった。これは非常時だけ走っていたのでは、なにかあったと見ていた者すべてに気付かせることになるからだ。普段から走っておけば、非常の際が目立たなくてすむ。もっとも大老堀田筑前守正俊《ほったちくぜんのかみまさとし》刃傷の折には、老中大久保加賀守忠朝《おおくぼかがのかみただとも》がその報《しら》せのために五代将軍綱吉のもとへ走っていながら、咎めを受けずにすんだ。

それは目付がわざと見逃したからであった。

目付といえども役人である。幕府の権力者である老中を敵に回すのは、まずい。目付も清廉潔白、謹厳実直だけではやっていけなかった。

「ごめんを。当番お目付さま」

「なんじゃ、坊主」

中の間の襖を開けた側《そば》にいた当番目付が咎めるような目でお城坊主を見た。

「北町奉行曲淵甲斐守さまが、当番お目付さまにご足労を願いたいと」

「甲斐守どのがか」

当番目付が怪訝《けげん》そうな顔をした。

目付は大名、旗本を監察する。ということは、同役の目付もその対象になった。

となれば、目付同士の間に格を付けることができない。先達だとか、組頭だとかを認めてしまえば、その指示に従わなければならなくなる。

「そなたは今、なにを調べておる」

「何々の調べが進んでいるようだが、その経緯を教えよ」

これだけでも監察の意味はなくなる。密をもってなす監察だけに、知る者が多くなればなるほど漏れやすくなり、相手に気取られる可能性が高くなる。

「誰それへの監察は控えよ」

漏れるだけならまだしも、上から圧をかけてくることも考えられる。

こうなれば監察は死ぬ。誰も目付の言葉を信じなくなり、その指示を軽視するようになる。目付に一点の疑義も許されない。

結果、目付は組頭を持たなかった。

しかし、組頭を持たないということが、欠点を生んだ。

他役からの連絡を誰にするかという問題であった。

「こうなり申した。御一同にご披露くだされ」

そう聞かされた目付が、その後監察のため他行してしまえば、情報は届かなくなる。言った言わないよりもましだが、それでも齟齬《そご》が出てしまう。

そこで、当番目付が設けられた。

当番目付は、目付を統轄するものではなく、単なる伝達役である。他役からの通達を受け、それを同僚に周知徹底する。来訪する者の対応も当番目付が担った。

「当番目付は役ではない、厄じゃ」

一カ月の間、己の仕事はほとんど進められず、ずっと中の間に詰めていなければならないのだ。手柄が立てられないどころか、その一カ月で逃げられてしまうこともある。当番目付は、目付の誰もが嫌がる役目であった。

「用件はなんだ」

「お伺いいたしておりませぬ」

お城坊主が聞いていないと答えた。

「出たところでお待ちでございまする」

「……甲斐守どのとあれば、無視するわけにもいかぬな」

当番目付が立ちあがった。

目付部屋に近い入り側は、人通りが少ない。やはり人は監察を怖がるからで、なんの罪もなくとも、近づきたくはない。

入り側で曲淵甲斐守は一人待っていた。

「お待たせをいたした。今月の当番、渡辺隼人正《わたなべはやとのかみ》でござる」

近づいてきた目付が名乗った。

「おう、隼人正どのが当番であったか、それは助かった」

曲淵甲斐守が笑みで迎えた。

「ご無沙汰《ぶさた》でござるが、御用は」

喜んだ曲淵甲斐守とは正反対に、感情を見せず渡辺隼人正が急《せ》かした。

「うむ。ちとお報せしておかねばならぬことができたのでな」

すっと曲淵甲斐守も笑いを消した。

「なんでござろう」

「寄合旗本の羽田《はねだ》一学《いちがく》どのをご存じか」

「小川町の羽田どのならば」

目付とはいえ大名と旗本のほとんどを把握しているわけではないが、三千石ともなればさすがに知っていた。

「その羽田どのよ」

曲淵甲斐守が合っているとうなずいた。

「羽田どのの下屋敷で、毎日賭博場《とばくじょう》が開かれておる」

「……………」

告げた曲淵甲斐守に渡辺隼人正が反応をしなかった。

「それだけじゃ。お伝えいたしたぞ」

用はすんだと曲淵甲斐守が背を向けた。

「甲斐守どの」

渡辺隼人正が呼び止めた。

「五日、五日だけお待ちする。六日目の朝、若年寄さまにお話をさせていただく」

振り返らず、曲淵甲斐守が述べた。

「……なにがあった」

去っていく曲淵甲斐守の背中を渡辺隼人正が見つめた。

目付部屋に戻った渡辺隼人正は、近くで書きものをしていた目付に声をかけた。

「采女正《うねめのかみ》どのよ」

「……どうかしたのか、隼人正どの」

書きものから目を離さず、采女正と呼ばれた目付が応じた。

「いや、おぬしだけでは足りぬな。御一同」

思い直したように渡辺隼人正が、大きな声を出した。

「なんじゃ」

「通達かの」

目付部屋に残っていた目付たちが渡辺隼人正を見た。

「忙しいところ悪いが、手を止めて、こちらへ集まってくれ」

渡辺隼人正が参集を求めた。

「…………」

当番目付である渡辺隼人正の顔色に目付一同は黙って集合した。

「……つい今、北町奉行曲淵甲斐守どのが来た」

「甲斐守どのが」

「何用じゃ、町奉行が目付に用など」

目付たちが首をかしげた。

「寄合三千石の羽田どののことだ」

「ああ、あの羽田どのか」

渡辺隼人正の口から出た名前に、一同がなんとも言えない顔をした。

「なにかしでかしたかの、羽田どのが」

「町方の女でも攫ったのではないかの」

「借財を踏み倒したのでは」

口々に目付たちが推測した。

「下屋敷で賭博場を開いているということであった」

「はあっ」

「なにが言いたい」

渡辺隼人正の説明に、目付たちが驚いた。

「今どき、どこの大名、旗本でも下屋敷で博打をさせているではないか。それを今更言われずとも、我らも重々承知だ」

最初に声をかけられた采女正があきれた。

戦がなくなり、手柄を立てられなくなった武士は禄を増やせなくなった。そこへ物価の上昇が加わったため、どことも内証は厳しい。

下級の武士ならば、筆写や傘張りなどの内職もできるが、お歴々となれば外聞があるため、働いて収入を得るわけにはいかない。

そんなお歴々に目を付けたのが、博打打ちの親分たちであった。

「下屋敷のなかで賭場を開かせていただければ……」

もちろん、直接当主にそんな話を持っていけるはずはない。用人あるいは、下屋敷を預かっている家臣を抱きこんでのことだ。

というより、己の下屋敷で賭場が開かれていると知っている当主はほとんどいない。基本、旗本の当主、それも石高が多くなればなるほど、多くの家臣たちが付き、周囲に目を配らせないように取り囲んでしまうからだ。

「見なければ汚くない」

単なる逃げでしかないが、こうして当主を世間知らずにすれば、家中は安泰になる。下手に興味を持って家政へ手出しをされては、かえって面倒になる。

他にも、万一それが露見したとき、当主は知らず、用人が勝手にやったことだと言い逃れできるというのもある。

　賭場を開く連中にしてみれば、町方役人の手が及ばない大名や旗本の屋敷は安心できる。親分以下の博打打ちも安心だが、なにより町奉行所に踏みこまれては困ると思っている客が喜ぶ。安心して博打ができる環境がなければ、まっとうな商売をしている商人や、一日汗水流して働く職人たちが来なくなる。

　客が来ない賭場など、稲のない田と同じでなんの役にも立たないし、利も生まない。

　金のない旗本と安全を欲しがる無頼の利害が一致した結果が、現状であった。

「あまりに多くの旗本、大名が下屋敷を賭場に貸している。そんなこと五歳の子供でもわかっている。今更、目付が手入れなどするはずはない」

　渡辺隼人正が述べた。

　法度は厳格でなければならない。つまり、一軒の賭場を摘発したならば、他の屋敷にも手を入れなければならなくなる。

　二十名もいない目付で数百をこえる下屋敷を検閲できるはずもない。また目付にしてみれば、博打など相手にする意味もない微罪である。これらの要因で、大名、旗本屋敷での博打は見逃されてきた。

「無視すればよかろう」

采女正が言った。

「そうじゃな。たしかに話は聞いた。そこから先、どうするかは目付の判断であり、町奉行の口出しするところではない」

他の目付も同意した。

「できぬ。甲斐守どのは五日後に若年寄さまのところへ行くと」

「なっ」

「馬鹿な……」

渡辺隼人正の追加に一同が絶句した。

若年寄は目付の直属の上司であり、旗本を管轄する。若年寄が直接羽田をどうこうすることはないが、あらためて目付へ問い合わせくらいはしてくる。

「町奉行から、このような話が来たが、そなたたちは存じておるのだろうな」

こうなると対応が難しい。知らないと言えば無能となり、知っていると答えればどうして動かないのだと叱《しか》られる。

「さて、ご一同。本題はここからじゃ」

姿勢を正した渡辺隼人正が一同を見回した。

「…………」

目付たちも目つきを真剣なものにした。

「わかりきったことを曲淵甲斐守が報告してきたのはなぜであろう」

敬称を取った渡辺隼人正が問うた。

「羽田は無役であったの」

采女正が確認した。

「あんなのを役に就けるようになれば、世も終わりだ」

別の目付が首を横に振った。

「ならば、羽田を蹴落《けお》として、己がその後釜に座りたいというわけではないな」

曲淵甲斐守の目的を、渡辺隼人正が考えた。

「旗本屋敷を探って、取りつぶしたところで、町奉行である曲淵甲斐守の手柄にはならぬ」

采女正が戸惑った。

「いきなり若年寄さまへ上申しなかったのはなぜだ。まさか、我ら目付に気遣いしたなどというわけではなかろう」

歳嵩《としかさ》の目付が口にした。

「それはないな。我らに恩を売ったところで意味はない」

実の親でさえ訴追するのが目付なのだ。手柄を譲られたくらいで手心を加えるはずなどなかった。

「……むう」

「なにがしたいのだ、甲斐守は」

皆が困惑した。

「日限になにかあるのではないか」

渡辺隼人正が疑問を呈した。

「日限……五日であったの」

采女正が確認した。

「短いの」

歳嵩の目付が気にした。

「たしかに。阿部どのの言われるとおりだ」

日にちがないということに渡辺隼人正がうなずいた。

「我らを急かすためであればよいが……」

「とはいえ、実害が出てからでは遅いぞ」

ふたたび目付たちが顔を見合わせた。

「町奉行に貸しを作っておくのもよいしな」

阿部が小さく笑った。

「それはそうだな」

渡辺隼人正も首肯した。

目付と町奉行とは、役目上でのかかわりがあった。

大名、旗本を監察する目付には、徒目付《かちめつけ》、小人目付、黒鍬者《くろくわもの》などが配下として付けられているが、どれも捕り物の経験はない。

たとえば、目付がとある役人を横領で摘発しようとしたとき、いち早くそれを知った本人が逃げ出してしまうことがある。

他にある役人を訴追するための材料を集めるため、出入りの商人を取り調べるときなどもある。

目付は気位が高いだけに、不浄とされる町方役人のまねごとなど、まちがえてもしたくないのだ。

「協力を願う」

逃げ出した旗本や御家人を追うときには、頭の一つも下げねばならない。徒目付という武芸に秀でた配下がいても、城下町に逃げこまれてしまえばどうしようもなくなる。

「承知した」

当然のことながら、町奉行は目付の依頼を断らない。断れないと言うべきか。断れば、なにか不都合なことでもあるのかと探りを入れられることにもなりかねないし、あまり横柄な態度で拒絶すると、それこそ足を掬《すく》われかねない。

とはいえ、目付が町奉行に動いてもらったことには違いない。これは一種の借りになる。借りはいつか返さなければならず、できるだけ避けたほうがよかった。

「では、この仕事を割り振りたいが……」

目付全体にかかわることだと、渡辺隼人正が一同に問うた。

「ならば、拙者が羽田のことを請けよう」

　采女正が手をあげた。

「では、儂《わし》が曲淵甲斐守の裏を探ろう」

　阿部が言った。

「頼む。当番目付はあらたな案件にかかわれぬ」

　渡辺隼人正が認めた。

　これも慣例である。当番目付が動き回っては、なんの意味の当番かわからなくなる。

「あと御一同、この件にかんしては、開け広げで参りたいと思う。もし、なにかしら知ることがあれば、拙者までお願いする」

　なにをしているか、なにを知ったかを外に漏らさないのが目付、それを破る異例の申し出を渡辺隼人正がした。

「いたしかたあるまい。甲斐守が我らを脅すようなまねをしたのだ。皆で抵抗するしかないな」

「ああ、かつては目付であったとはいえ、今は違う。そのことをしっかり教えこまねばなるまい」

　他の目付も納得した。

「では、始めてくれ」

　渡辺隼人正が解散を宣した。


　町奉行は登城して、昼過ぎまで詰めていなければならない。これは幕初、江戸の町を作るときに、その意見を求められたことに起因している。城下の治安は、徳川家の名声にかかわってくる大事であった。

　だが、それも時代が下るに連れて変わった。江戸の町の治安は安定し、町奉行所の管轄である隅田川以北の拡張はほとんどなくなった。また、当初大名が任じられていた町奉行も旗本役となり、老中たちとの格差が大きくなった。

　これらが要因となって、町奉行が政に加わることはほとんどなく、一日なにもせずに座っているだけであった。

「……待たせたの」

　曲淵甲斐守が下部屋に来たのは、正午を過ぎた直後であった。

「お戻りになられまするや」

亨がすぐに問うた。

「うむ。片付けはできておるな」

「はっ」

下部屋は休憩室であり、着替えや弁当を使わなければ、汚れたり乱れたりはしない。それに亨たち内与力は、下部屋での飲食が許されていない。せいぜい厠《かわや》へ行くくらいで、下部屋が片付けなければならないような状況になるはずはなかった。

「では、付いてこい」

曲淵甲斐守は、牧野大隅守の内与力多々良隼人には、目もくれなかった。

「…………」

多々良隼人が無言で頭を垂れるのを亨は横目で見ながら、主君の後を追った。

「なにを言われた」

中御門を出たところで、曲淵甲斐守が問うた。

「それは……」

「さっさと言え。中御門から大手門を出るまでしか、二人きりではないのだぞ」

躊躇した亨を曲淵甲斐守が叱った。

御三家や格別な大名、留守居や大目付などの旗本でも上がりと呼ばれる高位になれば、従者を数人連れて大手門からうちへ入ることができる。しかし、それ以外は一人、ないしは二人と決められていた。

「……このようなことを」

亨が下部屋での遣り取りを語った。

「ふん」

曲淵甲斐守が鼻を鳴らした。

「牧野大隅守も姑息なまねをする」

苦々しい顔を曲淵甲斐守がした。

「若いそなたに楔《くさび》を打ったつもりか」

「楔……」

吐き捨てるように言った曲淵甲斐守に、亨は困惑した。

「内与力は幕臣だと言ったことよ。幕臣と言われてどうであった」

「…………」

亨はその瞬間を思い出そうとした。

「誇らしくはなかったか」

亨が口を開く前に、曲淵甲斐守が述べた。

「……いたしました」

正直に亨は答えた。

曲淵甲斐守に仕えて数年になる。亨は主君が美辞麗句よりも、真実を好むと知っていた。

「そうだ。そうでなければならぬ。旗本、幕臣というのは誇らしいものである」

当然だと曲淵甲斐守が認めた。

「お怒りでは……」

「怒る意味はない。我ら旗本が、大名よりも少ない石高に甘んじているのは、その矜持があるからだ」

旗本には徳川家を天下人としたのは、我々だという思いがあった。

「天下分け目の関ケ原で負けてから、徳川家に臣従してきた者たちとは歴史が違う。我らは徳川家のために多くの命を投げ出してきた」

加賀前田家の百万石は論外としても、外様《とざま》大名には十万石をこえる者が多い。たしかに関ケ原で徳川家康に味方したとはいえ、そもそもの考え方が違うのだ。外様大名の多くが関ケ原で徳川に付いたのは、石田三成ら豊臣家の内政を恣《ほしいまま》にする連中への反発からであり、家康を天下人にしようとしたわけではない。

さすがに大坂の陣では、徳川のために血を流したが、あれとて旗本から見れば、証文の出し遅れのようなものでしかない。

関ケ原で天下は徳川のものになったのだ。その天下のもとで生きていくために、外様大名たちは主君であった豊臣秀頼《ひでより》を討った。徳川のためではなく、己のための犠牲であったのだ。

旗本が少ない身代で我慢しているのは、その誇り、先祖の功績への崇敬によった。

「だがの、おもしろくはないぞ」

「申しわけございませぬ」

あらためて亨が詫びた。

「違う。そなたに申しているのではない。あの牧野大隅守の内与力に対してじゃ。まったく抜け目のないことよ。伊達《だて》に一年長く町奉行の職にあるわけではないということか」

曲淵甲斐守が悔しげな顔をした。

「それは……」

「わからぬか」

問うような亨に、曲淵甲斐守が確認した。

「はい」

情けないと亨が顔を伏せた。

「無理もないの。余も大坂町奉行になる前ならば気付かなかっただろう」

珍しく曲淵甲斐守が慰めた。

「教えてやろう。あの内与力は、北町奉行所を身動きできないようにしようとしたのよ」

「北町奉行所を……」

亨が驚愕《きょうがく》した。

「そうだ。おそらく南町奉行牧野大隅守のもとに、余がそなたを除くすべての内与力を放逐したこと、筆頭与力の竹林一栄《たけばやしかずえ》と決裂したことが報されたのだろう」

「今朝のことではございませぬか」

亨が絶句した。

「誰ぞ、北町のなかに南町と繫がっている者がおる」

「竹林どの……」

「多分な」

亨の推測を曲淵甲斐守が認めた。

「余の足を引っ張るに、己だけでは足りぬと考えたのだろう」

曲淵甲斐守が口の端をゆがめた。

「内与力は、奉行所のなかを円滑に回すのが仕事だ。その内与力のほとんどを北町奉行所は失った。いや、残ったのがそなただけという有様だ」

「…………」

同僚たちの体たらくを亨は思い出した。

「山上《やまがみ》らは、屋敷で謹慎させておるが、あれらに代わる者がおらぬ。あの者どもも、今回のことがあるまでは、役に立つよき家臣であった」

小さく曲淵甲斐守が嘆息した。

「余の足りなさもあったと反省はしておるが、それ以上に陪臣から幕臣への誘い、金の光が強かったのだ。今、あわてて他の家臣から内与力となるべき者を選び直しても同じだろう。さすがに山上どものようなまねはせぬだろうが、使いものにはならぬ。とても険悪な町奉行所をまとめられる者はおらぬ」

「それならば、わたくしも……」

曲淵甲斐守の言葉に、亨も辞任を申し出ようとした。

「そなたにそのようなまねを望んではおらぬわ」

亨ができないと逃げる理由を曲淵甲斐守が先に潰した。

「…………」

機先を制された亨が黙った。

「そなたは、ただ余の言うとおりにしていればよい。奉行所との交渉はせずともよい」

「えっ」

予想外のことに亨が驚嘆した。

「そなたは決して余を裏切れぬ」

冷淡な声で曲淵甲斐守が断言した。

「裏切れば、そなたの父も咎めを受ける」

「……うっ」

言われた亨が詰まった。

亨の父、城見桂右衛門《けいえもん》は曲淵家の用人として八十石を受けている。もし、亨が山上と同じ失態をさらせば、城見家が潰れた。

「西《にし》の娘のこともある。余の一存で西の娘は大坂へ帰される」

「…………」

亨はなにも言えなかった。

なにを気に入ったのか、大坂西町奉行所諸色《しょしき》方同心西二之介《にのすけ》の娘咲江《さきえ》は、亨を追って江戸までやって来ていた。

当初は咲江の強引な行動に戸惑っていた亨だったが、今ではいないと寂しいと思うようになっていた。

「わかったであろう。そなたにはしがらみが多すぎる。山上らはそれが少なかった。皆、部屋住みではなく当主で、幕臣に抜擢されることで、そのまま余のもとを離れられたからの」

「わたくしは、そのようなまねはしないと亨は言った。

主家を捨てるようなまねは……」

「うむ。ゆえにそなたを余は使う」

あっさりと曲淵甲斐守が亨を道具だと述べた。

「お帰りなさいませ」

大手門を出たところで行列差配が出迎えた。

「話は後だ」

曲淵甲斐守が密談の終わりを告げた。

三

北町奉行所筆頭与力兼吟味《ぎんみ》方《かた》与力の竹林一栄は、朝礼のために集まった廻り方同《どう》心《しん》たちを立った姿勢で見下ろしていた。

「揃いましてございまする」

筆頭同心が竹林一栄に報告した。

「…………」

無言でうなずいた竹林一栄が、一同をゆっくりと見回した。

「一同、我ら町方は代々、このお役を守ってきた。そう、我らがあればこそ、江戸の町の治安は維持されてきた」

竹林一栄が口を開いた。

「……おい」

「ああ。いつもと様子が違うぞ」

後ろのほうに座っていた同心たちが小声で話し出した。

「歴代のお奉行も、町方役人の努力と精進を愛《め》でられ、我らを信頼くださった」

そこで竹林一栄が一度言葉を切った。

「しかし、残念なことに今のお奉行はそうではない。我らの功績を認めず、ただ頭ごなしに従えと押さえつけてくる。それを認めるわけにはいかぬ」

「そうじゃ」

「筆頭さまの言われるとおり」

前のほうにいる与力たちが同意の声をあげた。

「儂は、今までずっと懇切に我らのことをご説明申しあげ、ご理解をいただこうと努力してきた。だが、それも無駄になった」

もう一度、竹林一栄が一同の顔色を見た。

「お奉行は、我らを支配すると言われた」

「なんということだ」

「それは許されぬ」

竹林一栄の演説に、前の与力たちがふたたび応じた。

「しかもだ。言うことを聞かねば、異動させるとまで宣された。思い出せ、隠密廻《おんみつまわ》り同心のことを」

あえて竹林一栄が名前を言わなかったが、皆わかっている。

「かわいそうに、今では伊勢で舟の数を数えているらしい」

伊勢山田奉行所へ移籍した同心の仕事は伊勢湾を行き来する舟の監視である。

「今度はどこになるか、駿府《すんぷ》町奉行所か、佐渡奉行か……そんな遠方でなくてもお先手《さきて》組などもある」

「そんなことになっては、生きてはいけませぬ」

竹林一栄の腰巾着と目されている吟味方与力が悲愴な声を出した。

「それを儂は許せぬ。我らの生活を脅かす者とは戦わねばならぬ」

与力で二百石内外、同心は三十俵二人扶持《ぶち》ほどという薄禄の町方役人が、妾《めかけ》を囲い、酒を呑み、粋と讃《たた》えられる身形《みなり》をできるのは、余得が多いからだ。

地回りや無頼から守ってもらいたい商家や、家臣と町人のもめ事を表沙汰にせずに内済にして欲しい大名や旗本が、町方役人へ贈ってくる心付けが、この贅沢《ぜいたく》のもととなっている。

町方役人でなくなれば、これらの余得は手に入らなくなり、本禄だけで生きていかなければならなくなる。

「そうだ、そうだ」

「負けてはなるまじ」

人は一度覚えた贅沢を忘れられない。

金の問題になった途端、竹林一栄の取り巻き以外からも叫びが出た。

「静かに」

満足そうに竹林一栄が、皆を宥めた。

「先ほど、儂はお奉行と決別してきた」

「さすがは竹林どのだ」

「我らの覚悟を見せつけてくださった」

取り巻きが三度興奮した。

「本日より、北町奉行所はなにもせぬ。盗人《ぬすっと》が出ようが、火付けがあろうが、我らは動かぬ。すべてはお奉行が自らの手兵だけでなんとかなさるだろう」

竹林一栄が右手を振りあげた。

「お奉行が更迭されるまで、我らは戦う。よいな、一同」

「我らは一枚岩じゃ」

「八丁堀の団結を見せてくれようぞ」

与力たちが煽《あお》った。

「そうだ。お奉行が代わるまでやるぞ」

「我らなくして、お奉行になにができるものか」

同心たちも気炎を吐いた。

「よし。決まった。では、今日はここまでだ。帰ってよし」

竹林一栄が解散を命じた。

いつもならば、「今日も気を入れて働け」と鼓舞する。それを竹林一栄は一同に帰宅を促した。

「寝るか」

「せっかくの休みじゃ。久しぶりに吉原へ行かぬか」

「よいの。浅草の向こうまで行くとなると面倒ゆえ、ついご無沙汰じゃ。馴染みの遊女に情なしと拗《す》ねられるのも一興じゃ」

ぞろぞろと与力、同心が広間を出ていった。

「吾も昼寝をするか」

定町廻《じょうまちまわ》り同心があくびをした。

「小野田」

「なんだ、石原」

あくびをした定町廻り同心に、別の定町廻り同心が近づいた。

「風呂に行こう」

定町廻りは、朝礼の後八丁堀にある湯屋へ行く習慣があった。

「出かけぬのだろう。別に風呂へ行かずとも」

小野田と呼ばれた定町廻り同心が渋った。

「いいから、来い」

石原が小野田を無理矢理に引っ張っていった。

「どこへ行く、いつもの湯屋を過ぎたぞ」

小野田が、石原の顔を見た。

「…………」

無言で石原は、八丁堀から離れた湯屋へと小野田を連れていった。

「話はなかでだ」

文句を言いたそうな小野田に石原が入るぞと促した。

「おや、お珍しい。空《す》いてやすよ」

湯屋の暖簾《のれん》を潜《くぐ》った石原に、番台の主が愛想を振った。

「それはありがたい」

石原が喜んだ。

「なんだ、女はいないのか」

小野田がつまらなさそうに羽織を脱いだ。

町奉行所の与力、同心はいつのころからかはわかっていないが、女湯に入ることが認められていた。もちろん、幕府の出した混浴禁止令には違反しているが、朝から晩まで混んでいる男湯では、ゆっくりと休むこともできないだろうという湯屋側の気遣いからだとされている。

とはいっても、与力、同心が女湯に入るのは、朝のうちだけと決まっているので、混浴をしたくない若い娘などは、昼過ぎから夕方へと逃げる。また、普通の家の妻だと、朝のうちは炊事洗濯に忙しく、とても湯屋へ行っている余裕などはない。

朝から風呂へ入っているのは、昼からが仕事の芸者や旦那を送り出した妾くらいのものである。それだけに容姿に優れた女ばかりなので、朝湯に入る町方与力、同心は目の保養にしていた。

「文句を言うな。先に入っているぞ」

ふんどし一つになった石原が、小野田を急かした。

江戸は水が悪い。もともとが海だったため、井戸を掘ってもいい水は出ない。そのため幕府は大工事をおこなってまで、多摩川の水を城下まで引いている。

水を贅沢に使える上方の風呂屋と違い、江戸の湯屋は蒸し風呂であった。風呂場の奥に高温の湯だまりを設け、ここからあがる蒸気で浴室を満たす。蒸気に満ちた浴室で身体《からだ》を温め、毛穴から汗を出し、垢《あか》を浮かせる。この垢を竹べらでこそげ落とし、最後に水を足して適温にした湯を被《かぶ》って流す。

質は悪いが掘れば水の出る深川あたりでは、上方風の湯船がある湯屋も増えてきたが、江戸城に近いあたりでは、まだ蒸し風呂がほとんどであった。

先に湯気を逃がさないよう天井から腰あたりまで伸びている板を潜って、浴室へ入っていった石原をふんどし一つになった小野田が追った。

「なんだ、石原。説明をせぬか」

小野田が怒った。

「すまぬ。どうしても二人だけで話をしたくてな」

石原が謝罪した。

予想通り、浴室には他の客の姿はなかった。また、立ちこめる湯気で周囲はほとんど見えず、誰と誰が話をしているかなどもわからない。密談に、朝の女湯は最適であった。

「……今朝の竹林さまの話か」

「そうだ」

小野田の確認に、石原が首肯した。

「どう見た」

「当然のことだろう。お奉行とはいえ、ただの旗本だ。我らのように代々町方として苦労を重ねてきたわけではない。いや、はっきり言おう。お奉行は町方のことなど何一つ知らぬ。そのお奉行にいいようにされては、我らの面目が立たぬ」

小野田が曲淵甲斐守を否定した。

「竹林さまと同調すると言うのだな」

「ああ。おぬしは違うのか」

念を押した石原に、小野田が問うた。

「………………」

石原が無言で垢すりの竹べらで身体をこすった。

「出るなあ、垢が」

「おいっ、石原」

垢すりに夢中になっている石原に、小野田が怒った。

「おまえもやってみろよ。昨日も朝風呂に入ったはずなのに、こんなに垢が出るぞ」

石原が小野田を促した。

「……なにが言いたい」

さすがに小野田も気づいた。

「なあ、毎日風呂に入っていても垢が出るんだ。おいらたち町方役人の心にも垢が付いているんじゃないか」

「……どういうことだ」

小野田が石原を見つめた。

「町方役人、とくに我ら定町廻りの役目ってなんだ」

石原が小野田に訊いた。

「定町廻りの役目……それは担当区域の安寧を保つことだろう。治安はもちろん、病の拡がりや火事を防ぐ」

町奉行所の役目は盗人や人殺し、詐欺などの罪を犯した者を捕縛するだけでなく、防火や町触れの徹底など、政に類するものもあった。

「金をもらうのはいい。本禄だけじゃ、御用聞きや手下たちに小遣いさえやれぬからな」

垢すりの手を石原は止めた。

「金をもらっているのは、なんのためだ」

もう一度石原は問うた。

「我らが贅沢をするためか。毎日紺足袋《こんたび》を履き捨てるために、商人たちは合力金《こうりよくきん》を出してくれているのか」

石原は問いを重ねた。

江戸で足袋が汚れているのは恥であった。紺足袋だと汚れが目立たず、白足袋よりは理に適《かな》っているように思えるが、逆であった。

江戸は筑波山や上州から吹く風の影響で、砂埃《すなぼこり》が多い。砂埃は白く、紺足袋だと白足袋以上に目立つ。汚れれば洗えばすむ、と紺足袋を洗濯すれば色があせた。染めものである限り、これは避けられない。一度でも水を潜れば、紺足袋は二度と買いたての色には戻らないのだ。その色の抜けた紺足袋を履き続けるのは、江戸の色男を気取る町方役人には耐えられない。当たり前の話だが、染める手間だけ紺足袋は高い。その高い紺足袋を町方役人は惜しげもなく使い捨てにした。

　それだけの金を町方役人は持っている。そしてその金は商家からの合力金から出ている。

「……………」

　小野田が黙った。

「合力は、その意味のなすように、力を貸してくれることだ。商人は薄禄の町方同心では、十分に働けまいとして、金を出してくれている。そうだろう」

「商人は、奉公人が金を盗《と》って逃げただとか、他の商家ともめただとか、表沙汰になっては困ることを内済にして欲しいから、その力を持つ我らに金をくれているのだ」

　同意を求めた石原に、小野田が反論した。

「実際はそうだが、建て前は違うだろう」

「むっ」

建て前と本音が違うのはよくある。いや、世のなかのほとんどすべてがそうだと言える。当然ながら、世間では建て前が優先された。

「建て前というのが気に入らぬと言うならば、大義名分と言い換えてもいい。これを失えば、我らは終わるぞ」

「終わらぬ。同心なしに町奉行所は成りたたず、江戸の治安は保てぬ」

石原の危惧《きぐ》を小野田が否定した。

「……はあ」

大きく石原が嘆息した。

「なんだ、いくらおぬしでも許さぬぞ」

無礼だと小野田が石原に苦情を付けた。

「わかっておらぬのか。商家からの合力金は大義名分を失った途端に、賂《まいない》に落ちるのだぞ。賂を受け取る。これは罪だ。徒目付が咎めに来ても言いわけは利かぬ」

「あっ……」

小野田が絶句した。

「合力金を商家の都合だとしたら、なにかあったときに、お金を出しているうちは見逃してくださいねとなろう。それを受け取った段階で、我らは法度を守る番人としての資格を失う。違うか」

「……ずっと見逃されてきたのだ、今更……」

合力金の歴史は古い。いつから始まったかなど、わからないほど長く続いている。それを小野田は免罪符にしようとした。

「それが通ると思っているのか。大義名分を失って単なる賄賂に落ちた合力金を、お目付や徒目付が黙って見過ごすと」

「…………」

言われて小野田が沈黙した。

目付も徒目付も、幕臣の監察を任とする。目付が目見え以上を、徒目付が目見え以下を担当する以外は、ほぼ同じである。両者の目的は、どちらも幕府の秩序を保つことであり、そのためにはかなり強引なこともした。

「我らだけではない。江戸の辻《つじ》を管轄する黒鍬者が、露天の店をどこに出させるかを差配して金を受け取っているし、御広敷《おひろしき》の役人が大奥出入りの商家から挨拶金をもらっている。これらをお目付たちが喜んで見逃していると思うか。いつか手を入れたいと思いつつも、黒鍬者はお目付配下で迂闊《うかつ》な手出しをすれば、返す刀で己を斬ることになりかねないし、大奥は老中でさえ遠慮するところ、下手に手を突っこめば女たちの反感を買って、大やけどをしかねない。その点、町方役人ならば、そういった影響はない」

「見せしめにされると」

「一罰百戒だ」

石原が言葉を換えた。

「だが、筆頭与力さまの命ぞ。逆らえぬ」

小野田が首を大きく左右に振った。

「表だって反対するわけではない。ただ、今まで通りにするだけだ」

「そんなもの、筆頭与力さまが許されまい」

従来通りだと、竹林一栄のもくろむ江戸の治安悪化に繋がらない。もし、石原と小野田が、言うことを聞いていないと知ったら、竹林一栄が怒るのは目に見えていた。

「少し変えればいい。偶然、側を通りかかった風で、顔見知りの番太郎に手をあげるくらいならば、問題ないだろう」

「詭弁《きべん》だぞ、それは。とても筆頭与力さまが納得されるとは思えぬ」

石原の案に、小野田が無理だと手を振った。

「だからといって、なにができる」

「……筆頭与力さまだぞ。我らを廻り方から外すなど容易だ」

尋ねた石原へ、小野田が答えた。

「同心の人事は年番方《ねんばんかた》ぞ」

「年番方与力の左中居《さなかい》さまと筆頭与力さまは親しい」

違うと石原が否定し、小野田がまちがってはいないと言い返した。

「果たしてそうか。今日の集まりに左中居さまはいなかった。今まで必ず筆頭与力さまの隣におられたのだぞ」

「そういえば……」

小野田が言われて気付いた。

「今日だけのことかも知れぬ」

まだ不安だと小野田が二の足を踏んだ。

「なあ、小野田。おぬしのところ、今年娘御が嫁に行ったよな」

「ああ、南町の与力さまへ嫁いだ」

確認された小野田が首肯した。

「格上への嫁入りということで、随分と道具を弾んだそうだな」

「ああ、かなり無理をした」

町方役人は、罪人に触れるため不浄職と呼ばれ嫌われている。また、その特殊な役目柄のせいで、同じ役目との通婚が多かった。とはいえ、同心と与力の間には大きな身分の差があり、手柄を立てても同心から与力への出世はない。同じ八丁堀でも、隔たりがある。その差をこえての嫁入りは、八丁堀で大きな話題になった。

となれば、周囲への見栄や、嫁入り先の面目も考えなければならず、小野田はとても同心とは思えないだけの嫁入り道具を用意した。

「その金はどこから来た。本禄だけじゃ、百年かかってもできまい」

「…………」

石原に言われた小野田が黙った。

「娘に恥を掻《か》かさないだけのことをしてやれた。その恩に報いてもいいと思うぞ」

「……娘のためか」

花嫁行列を思い出すかのように小野田が目を閉じた。

「思い出してくれ、三年前、おいらの母が病になったときのことを」

「たしか箱根へ一月《ひとつき》湯治にやったのだったな」

「それも合力金があったからできたことだ。母は死んでしまったが、湯治に行けたことが一期の思い出だと、死ぬまで感謝していた」

しみじみと石原が語った。

「息子として、また親として、返すべき恩……やるか」

小野田が目を開いて、首を縦に振った。

第二章　智恵の戦

一

西咲江は、大叔父播磨屋伊右衛門《いえもん》から外出禁止を言い渡されていた。

「なんでやのん。あたしを狙っていた連中は蹴散らしたやんか」

不満を咲江が露《あら》わにした。

「下っ端はな。しかし、頭の陰蔵がまだ捕まっていない」

険しい顔で播磨屋伊右衛門が止めた。

「……ううう」

咲江が唸《うな》った。

「おまえも理解してるのだろう。今、うろうろしたらどうなるかくらい」

「……わかってるけど」

播磨屋伊右衛門に諭されて、咲江がうなずいた。

「北町奉行曲淵甲斐守さまがたいへんなときなのだよ。当然、城見さまもお忙しい」

「それくらいわかってる」

咲江が横を向いた。

「まったく、いい歳をした娘が、そんな拗ねた顔をしてどうしようというのかね」

小さく播磨屋伊右衛門がため息を吐《つ》いた。

「しゃあかて、店に閉じこもってたら、なんのために大坂から来たのか、わからへんやん」

「だから、そういうお俠《きゃん》なとこを直しなさいと言っているのだよ」

「お俠……てなに」

あきれた播磨屋伊右衛門に、咲江が尋ねた。

「知らないのかい。ああ、上方では違った表現をするのだね」

播磨屋伊右衛門が納得した。

「お俠とは、おまえのような娘のことを言うんだ」

「かわいいっていうこと」

「………」

小首をかしげてみせた咲江に、播磨屋伊右衛門がなんとも言えない顔をした。

「わかってるって。ほめ言葉やないんやろ」

咲江があわてて否定した。

「お転婆ということだ」

「なるほど」

「感心している場合かい」

もう一度盛大に播磨屋伊右衛門があきれかえった。

「なあ、大叔父はん。そのなんとか蔵というんは、いつになったら捕まるんやろ」

咲江が問うた。

「わからないね。ああいった闇《やみ》の連中は、いろいろなところに伝手《つて》があるからね。思いも付かないところに逃げこんでいるかも知れない」

播磨屋伊右衛門が首を横に振った。

「大叔父はん……」

「駄目だ」

なにか言いかけた咲江を、播磨屋伊右衛門が封じた。

「聞きもせんとあかんと言うのは、酷《ひど》すぎへん」

咲江が膨れた。

「聞かなくても、おまえの言いそうなことはわかっている。どうせ、わたしを囮《おとり》にして陰蔵を誘《おび》き出したほうが手っ取り早いと言うのだろう」

「なんでわかったん、大叔父はん、じつは天狗と違う。他人の心が読めるなんてことは……」

「あるわけないだろうが」

驚いてみせる咲江に、播磨屋伊右衛門が肩を落とした。

「とりあえず、出ていくことは許されない」

「はあい」

咲江が渋々了承した。

「誰に似たんだか」

播磨屋伊右衛門が呟《つぶや》いた。

羽田家の下屋敷で、陰蔵たちは無為に過ごしていただけではなかった。

「おめえが一番目立たねえだろう」

「あいな」

陰蔵に命じられたお羊が屋敷を出ていった。

「供に付きやしょうか」

お羊は陰蔵の妾でもある。巳吉が気を使った。

「おめえは顔を知られている。止《や》めとけ」

陰蔵が止めた。

「ですが、そろそろ宿を見てこないと、戻ってきている手下たちもいるんじゃねえかと」

「放っておけ」

巳吉が散らばった手下たちの再集結を提案したが、陰蔵は拒否した。

「繋ぎを付けたら、面倒を見てやらなきゃいけなくなる。今、それだけの余裕はない」

陰蔵は金がないと告げた。

「隠し金は……」

「そんなものあるか。刺客というのは儲けが薄いんだよ」

問うた巳吉に陰蔵が首を左右に振った。

「そいつは、本当かい」

賭場を配下に任せてきたのか、羽田の下屋敷を牛耳っている施兵衛が、陰蔵たちの部屋へと入ってきた。

「……」

「勝手に入って悪かった」

声もかけず、許しも得ずに入ってきたことを目付きで咎めた陰蔵に、施兵衛が頭を下げた。

「いや、いい」

相手は家主である。陰蔵はそれ以上言わなかった。

「早速で悪いが、刺客が儲からない理由を教えてくれ」

施兵衛が陰蔵の前に座った。

「……やる気か」

「兄いもわかっているだろう。おいらのところは人が多くてな。金が要るんだよ」

低い声の陰蔵に、怯《おび》えた様子もなく施兵衛が言った。

「世話になっている身だ。お求めとあれば、いたしかたねえな」

陰蔵が話し出した。

「刺客は一件あたりの金は大きい。その辺の破落戸《ごろつき》をやるので、十両。ちょっとした商家の主を片付けるなら、五十両から百両。旗本とか武士になると百両以上はもらう」

「でかいじゃないか」

聞いた施兵衛が身を乗り出した。

「刺客をできるほどの者を雇うのに金がかかるんだよ」

「竜崎さんでいくらくらいだった」

陰蔵の配下でもっとも腕が立つと言われた浪人の値段を施兵衛が訊いた。

「相手にもよるが、商家の主で十両、武士ならば二十両。一人につきだ」

「それでも四十両から八十両残るじゃねえか」

儲けが大きいと施兵衛が反論した。

「竜崎さんにお任せですむと思うのか。仕度と後始末があるんだぜ」

「後始末はわかるが、仕度ってなんだい」

施兵衛が詳細を求めた。

「事前の調べというやつよ。いついつ出かけるか。出かけるときは一人か、どこへ行くか、腕は立つか、やるところの近くに他人目《ひとめ》はないか、町方の巡回は大丈夫かなど、しっかりと調べておかなきゃ、思わぬ失敗がおこるだろう」

陰蔵が答えた。

「いろいろあるんだな。適当にやっちまえばいいんじゃないのか」

面倒くさそうに施兵衛が言った。

「……刺客の実を知らねえ奴は、これだから」

盛大に陰蔵がため息を吐いた。

「どうして駄目なんだい、兄い」

「無闇《むやみ》に突っこんで、失敗したらどうするんだ」

「またやればいいじゃないか」

陰蔵の言葉に、なんでもないことだと施兵衛が応じた。

「失敗したら、相手に狙われていると教えることになるんだぞ。警固を増やしたり、家から出なくなったらどうする」

「警固以上の力をぶつけてやればいい。家に籠《こ》もったなら火を付けてでも追い出すだけだ」

施兵衛があっさりと答えた。

「数を増やしたら、それだけ金が要るぞ。二十両の仕事に三十両かけてどうする」

「うっ」

「家に火を付けるだと。火事は町方だけじゃねえ、火付《ひつ》け盗賊改《とうぞくあらた》め方もやっきになる。そんな目立つまねをしてみろ、あっという間に捕まるぞ」

「…………」

論破された施兵衛が黙った。

「一度で決めて、周囲に被害を出さない。これができないと刺客業は無理だ。これさえ守っておけば、町方もあまりうるさくねえ」

「町方が……」

施兵衛が不思議そうな顔をした。

「そうだ。だいたい殺してくれと依頼されるような奴はろくでもない野郎だからな。死んでよかったと言われるような連中のために、町方が草履の裏を減らすわけねえ」

「たしかに。町方が兄いや、おいらのために働くなんぞ、まるで笑い話だ」

施兵衛が納得した。

「わかっただろう、刺客は入ってくるのも大きい代わりに、出ていくのも多いんだよ」

「それでも金は残るだろう」

まだ施兵衛はあきらめていなかった。

「しつけえな、おめえも」

陰蔵が大きく息を吐いた。

「しかたねえ、刺客業が儲からない本当の理由を教えてやろう」

「本当の理由か、是非聞かせてもらいたい」

施兵衛が陰蔵を見つめた。

「刺客の依頼がそうそうねえということよ」

「へっ……」

陰蔵の答えに、施兵衛が間抜けな顔をした。

「客がいねえんだよ。当たり前だろう。そうそう殺してやりたい奴がいてはたまったものではねえぞ」

「……はあ」

一気に施兵衛が力を抜いた。

「それもそうか。いや、悪かったな、兄い」

手をあげて施兵衛が出ていった。

「……あの野郎」

見送った陰蔵が小さな声で罵《ののし》った。

「親分」

巳吉も表情を硬いものにしていた。

「おいらの縄張りを狙ってやがったな」

陰蔵が殺気の籠もった目をした。

「まちがいありやせんぜ。親分の力が落ちたと見て……」

「だが、あれだけ言い聞かせればあきらめるだろう」

目つきを柔らかいものに陰蔵が戻した。

「儲けがないはずないだろう。なければ、配下なんぞ抱えていられるか」

賭場へ戻りながら、施兵衛が口の端をつりあげていた。

「問題は、客だな。人手はどうにでもなる。刺客の代金を払うんだ。普段は金をくれてやらなくていい。調べをする者も同じだ。そのときだけ駄賃をくれてやるだけでいい」

しっかりと施兵衛は陰蔵の嘘《うそ》を見抜いていた。

「ただ最後の客が少ないというのは本当だろうな」

施兵衛が顎《あご》に手を当てて思案した。

「誰かを殺して欲しいと思っても、誰に頼めばいいか、初めての客にはわからねえ。刺客業だと看板をあげているわけじゃねえからな」

当たり前である。理由はどうあれ、刺客は人殺しでしかない。そんなものを御上《おかみ》が見逃すはずはなかった。

「持ってやがるな、陰蔵は客を」

ちょっと世慣れた者ならば、その考えに行き着くのは当然であった。

「間に立つ男……」

人を殺して欲しい客と陰蔵を結ぶ男がいると施兵衛は考えた。

刺客を求める者は江戸ほどの大きな町になれば、かならずいる。ただ、刺客業と出会っていないだけ、あるいはその踏ん切りが付かないだけなのだ。

「噂《うわさ》を集めれば、客に行き着くか」

欺《だま》されて破産した商家があるとか、男にもてあそばれて捨てられた女がいるとか、家督相続でもめている武家があるとかの噂はいくらでも流れている。

「商売敵を殺したい商人なんぞ、掃いて捨てるほどいるだろうしな」

施兵衛が笑った。

「ちょっとやってみるか。ちょうど、陰蔵が抜けた穴がある。あのあたりの縄張りをもらうついでだ」

陰蔵は刺客以外にも、賭場や岡場所をいくつも支配下に置いている。昨日の今日のようなもので、まだ誰もそこに手出しをしてはいないが、もう陰蔵が落ち目だという話は、縄張りどころか江戸中、いや、四宿にも拡がっている。

ただ、迂闊に手出しをして窮鼠《きゅうそ》猫を嚙《か》むを喰らったり、他の親分衆から睨《にら》まれたりしては面倒なので、今は様子見しているのだ。

とはいえ、こういったものは、早い者勝ちには違いない。

「こっちには陰蔵を匿《かくま》ったという大義名分がある。もう身代を維持できないと悟った陰蔵が、隠居の金を出すことと引き換えに縄張りを儂に譲った……その後、湯治にでも行こうと江戸を離れた陰蔵はそのまま帰ってこない」

施兵衛が右手で顎を撫《な》でた。

「……いい筋書きだよな。もっともその前に客のことを教えてもらわなきゃいけねえな」

笑いを消して施兵衛が歩き出した。

二

寄合は、無役で高禄の旗本たちを集めたもので、その身分の高さから微禄の御家人や旗本の入れられる小普請組《こぶしん》とはいろいろな意味で差があった。

無役が支払う江戸城の修理費用分担金たる寄合金は出さなければならないが、召し出される機会が多く、すぐに役付になれる。なにか失策があっても、名門同士の婚姻などで培った縁のお陰でかばってもらえる。三千石ともなれば、数万石の譜代大名から正室を迎えたり、娘を輿入《こしい》れさせたりできるのだ。なにもしなくても安楽にしていけるだけに、寄合の当主は、世間知らずであった。

「お呼び出しだと」

幕府からの使者が羽田家当主、安房《あわ》のもとへと遣わされた。

「明日、朝四つ（午前十時ごろ）に中の間前まで来るようにとのことでございまする」

羽田家の用人が使者の口上を伝えた。

「中の間……まちがいないのか」

羽田安房が確認した。

「そのように仰せでございましたが……なにか不都合でも」

用人が首をかしげた。

「中の間といえば、目付の詰め所だ」

「お目付さまの」

主に言われた用人が驚いた。

旗本の用人は大名の家老に匹敵する。旗本の内政すべてを司《つかさど》り、なかなか勢いのあるものだが、主家が潰れればそんなものは塵《ちり》になる。

「なにか咎められるようなことがあったのか」

羽田安房が思案し始めた。

「領地で一揆があったとか、訴人が出たとかはないだろうな」

「ございませぬ。領地の代官どもからは、なにも」

問うた羽田安房へ、用人が首を横に振った。

「……ではなぜだ」

羽田安房が悩んだ。

「待て、そなた何刻だと申した」

「四つでございまする」

用人が答えた。

「……四つか。ならば、悪い話ではないな」

あからさまに羽田安房が安堵した。

幕府には、慶事は午前中、凶事は午後からという慣例があった。これはよいことは少しでも早く教えてやりたい、悪いことはなるべく遅くしてあげたいとの気遣いであった。

「中の間というのがわからぬが、昼八つ（午後二時ごろ）でないだけ安心だ」

昼八つの呼び出しは、旗本にとって鬼門中の鬼門であった。よくて減録、悪ければ切腹、改易の言い渡しを喰らった。

「駕籠《かご》の用意をいたしておけ」

「承知いたしましてございまする」

寄合は駕籠に乗ることが許されている場合が多い。これも先祖の功績への気遣いであり、それだけ寄合は幕府への貢献を重ねてきた。

安心した羽田安房は、翌朝、指定された時刻よりも小半刻（約三十分）早く登城し、中の間前の入り側で待機した。

「羽田安房か」

目付は杓子《しやくし》定規なことを旨とする。曲がり角を斜めに通過するなどとんでもないと、直角に壁に沿って曲がるほどである。待っている羽田安房の前に目付が来たのは、きっちり四つであった。

「さようである」

目付は百万石の加賀でも呼び捨てにする。監察が敬称という気遣いをするわけにはいかないという考え方であった。とはいえ、されたほうはよい気分のものではない。いかに目付といっても、本禄は五百石から千石ていどしかないのだ。役目を外れれば、寄合に敬意を表して一段下がらなければならない身分である。

羽田安房が鷹揚《おうよう》にうなずいた。

「目付手島采女正である」

「承った」

名乗りを羽田安房が受けた。

「安房、そなた屋敷で御法度の博打がおこなわれていることを存じおるか」

前置きもなく、手島采女正が詰問した。

「なっ……」

いきなりのことに羽田安房がうろたえた。

「目付の問いに答えよ」

職権だと手島采女正が厳しく言った。

「ま、待たれよ」

先ほどまでの傲岸《ごうがん》さは羽田安房から消えていた。

「…………」

羽田安房が呼吸を整えた。

「もうよいか、答えは」

「ぞ、存じておらぬ」

求められた羽田安房が否定した。

「まことであるな」

「誓って」

念を押した手島采女正に、羽田安房が首肯した。

否定して当然であった。肯定すれば、まちがいなく罪になる。それこそ羽田家は潰される。躊躇もまずかった。調べてから返答は許されない。目付の問いには、その場で応じるしかなかった。

「わかった。帰ってよい」

終わったと手島采女正が手を振った。

「ま、待て。午前中に呼び出して、これか」

朝の内は慶事だという慣例に反しているのではないかと、羽田安房が苦情を申し立てた。

「慶事であろう。家が潰れずにすんだのだ」

「……どういうことでござる」

口の端をつりあげて告げた手島采女正に、羽田安房が下手に出た。

「そなたの下屋敷は、町奉行に目を付けられていたのだ」

「町奉行……」

羽田安房が怪訝な顔をした。

「町奉行は旗本に手出しできぬなどと言うなよ。やりようはいくらでもある」

手島采女正が冷たい目で羽田安房を見た。

「さっさと始末をいたせ。今日より三日以内に片付けができなければ、次にそなたと会うのは、辰ノ口になる」

辰ノ口には大名旗本の裁決をする評定所がある。評定所へ呼び出されたら、旗本は終わる。

「し、承知」

あわてて羽田安房が踵《きびす》を返した。

「……馬鹿が。すぐに気付かぬから、三千石ももらっていながら役目に就いていないのだ。己が無能だと知らぬ者ほど面倒なことをしてくれる」

手島采女正が吐き捨てた。

「さて、曲淵甲斐守はこの後どうするのかの。今回は甲斐守の策に乗ってやったが次はないぞ」

独りごちた手島采女正が中の間へと戻った。


江戸の町はようやく異常に気づいた。

「定町の旦那が来ないな」

最初は自身番からであった。

自身番は町内の家主たちが金を出し合って維持している町奉行所の出先のようなものだ。町内を区切る町木戸の側に設けられ、番太と呼ばれる番人を置いて、出入りする者を見張る。

もっともそういった治安維持の意味は、泰平が長く続いたことで薄れてしまい、今では焼き芋を売ったり、荒物を扱ったりするちょっとした商店のようになっていた。

しかし、出入り口とも言える町木戸を預かっているため、町内のことについて自然と話が集まってきた。

「変わりねえか」

自身番には、毎日定町廻りが立ち寄る。

「へい。なにもございやせん」

番太の返事を聞いて、定町廻りは去っていく。

「いえ、町内に見たことのない浪人がいやした」

「そいつはいけねえ。おい、ちいと引っ張ってこい。おいらが釘《くぎ》を刺しておく」

異常があれば、手下である御用聞きを使う。

「おい、この町内は北町の定町廻りが見張っている。馬鹿するんじゃねえぞ。その面《つら》しっかり覚えたからな」

御用聞きに連れられてきた浪人に注意を与える。

定町廻り同心の仕事はこれであった。これだけで町内の治安は維持された。それだけ江戸は平穏であった。

普段は焼き芋を売っていても、自身番は町奉行所と繋がっている。その権威の後ろ盾である定町廻り同心が顔を出さなくなった。

「病気か」

「だったら、親分だけでも来るだろう」

定町廻り同心も神ではない。身体を壊すときもある。そんなときは十手《じって》を預かっている御用聞きが代理を務めた。その御用聞きさえも来なくなった。

「ちと行ってくる」

不安になった番太が、御用聞きを訪ねたのは当然の帰結であった。

御用聞きは一人で一つの町内を担当していることはまずなかった。一つの町内だけでは、とても配下となる下っ引きを養えないからである。裏長屋に住み、一日二食で辛抱するような若い男でも、月に二分はやらなければ生きていけない。

かといって十手を預けてくれている定町廻り同心は、御用聞きに金をくれない。くれないわけではないが、せいぜい節季ごとに一両、よくて二両だ。それでは己だけでも喰いかねる。

そんな御用聞きがやっていけるのは、面倒を見ている町内からの合力があるからであった。合力といっても一つの町内で月に何両もというわけではない。いくつかの町内を縄張りにしていなければ、やっていけなかった。

「親分はおいでですか」

番太が御用聞きの家に飛びこんだ。

「おう、一番町の番太か」

御用聞きは家にいた。

「悪いが帰ってくれ」

「まだ、なにも言っちゃいやせんが」

顔を見るなり帰れと言った御用聞きに、番太が驚いた。

「悪いな。旦那の命で出かけちゃなんねえんだよ」

「定町の旦那の……」

御用聞きの言いわけに番太が怪訝な顔をした。

「なにかあったらどうするんで」

すぐに番太が気付いた。

「…………」

御用聞きが目を逸《そ》らした。

「……親分」

「すまねえが、旦那には逆らえねえ。刃向かえば十手を取りあげられてしまう」

御用聞きが偉そうにできるのは、御上から十手を預けられているということによる。その十手を取りあげられてしまえば、御用聞きではなくなってしまう。

「定町の旦那が、見捨てたと」

「そうじゃねえ。そうじゃねえ。しばらくの間だと」

声を低くした番太に、御用聞きが顔色を変えた。

「お見えにならない間になにかあったら」

「それは……なんとかしてくれ」

御用聞きが辛そうに告げた。

「お邪魔いたしやした」

「あ、待ってくれ」

すっと番太が背を向け、御用聞きの制止も無視して去っていった。


同じような光景が日本橋でもおこなわれ、番太の報告が家主たちへもたらされた。

「なんだと。定町の旦那が……」

家主たちのほとんどが呆然《ぼうぜん》とした。

「ふん」

播磨屋伊右衛門は鼻で笑った。

「愚かだねえ」

「播磨屋さん、なにがでございますか」

うろたえている己たちを笑ったと勘違いした他の家主が播磨屋伊右衛門に嚙みついた。

「ああ、あなたのことじゃありませんよ。御用聞きと定町廻り同心を笑っただけで」

播磨屋伊右衛門が手を振った。

「御用聞きと定町廻り同心さまが、馬鹿だと」

不思議そうに家主の一人が首をかしげた。

「薩摩屋《さつまや》さん、わたくしどもが定町廻り同心と御用聞きに、金を払っているのはなんのためで」

「あっ」

言われた薩摩屋が声をあげた。

「そう、なにかあったときに守ってもらうためでございまする。その約束を向こうが破った。もう、金は払えませんな」

播磨屋伊右衛門が述べた。

「たしかに」

薩摩屋がうなずいた。

「そうでございますな」

「番犬が泥棒を追わなくなったなら、餌《えさ》をやる意味はありませんの」

　家主は町内に土地を持っている者を言う。日本橋という江戸でもっとも土地代の高いところで家主をできるだけのものを皆持っている。町方役人を犬扱いできるだけの力はあった。

「用心棒を町内で雇いましょうか。そのほうが、一軒あたりの負担は少ないでしょう。幸い、当家は腕の立つ浪人さまに伝手がありまする。当然のことながら、人柄はわたくしが保証しますよ」

「まさに」

「それはよい。これでもう、御用聞きに大きな顔をさせずともすむ。御上のご威光を笠に、したい放題でございますからな」

　播磨屋伊右衛門の策に、一同が賛成した。

「ただで飲み食いするどころか、女中に手を出そうとした」

　日本橋の海沿いで料理屋をやっている家主が怒りを見せた。

「うちでも品物を値切るなど当たり前、下手すればただで持っていこうとしますからな」

　小間物屋をしている家主が憤懣《ふんまん》をぶちまけた。

「では、そういたしましょう。わたくしが御用聞きに引導を渡して参りまする。ついでに定町廻りにも」

「お願いできますか」

「助かりまする」

播磨屋伊右衛門の申し出を家主たちが歓迎した。

三

屋敷に戻った羽田安房の顔色はなかった。

「いかがなさいました。まさか、当家に傷が……」

出迎えた用人が、主君に問うた。

「甚内《じんない》、そなた下屋敷で賭場が開かれていることを知っていたのか」

羽田安房が用人を睨みつけた。

「………」

家中を預かる用人が、知らないはずはなかった。甚内と呼ばれた用人が黙った。

「きさまっ」

激怒した羽田安房が、甚内を蹴った。

「ぐっ」

甚内が後ろ向きに転んだ。

「殿、お鎮まりを」

「なにとぞ、なにとぞ」

玄関先での無体に、他の家臣たちがあわてて羽田安房を押さえにかかった。

「ええい、放せ。放さぬか」

羽田安房が、身を揺すって束縛から逃れようとした。

「……殿」

その間に甚内がおきあがった。息をつきながら、甚内が平伏した。

「下屋敷でそのようなことがおこなわれていると、存じておりました」

甚内が告白した。

「きさまあ」

認めた甚内に羽田安房が一層怒りを強くした。

「今日、目付から教えられたわ」

「お目付さまから……」

怒鳴るような羽田安房の口から出た言葉に、甚内が崩れた。

「お家が、お家が……」

家臣にとって家がすべてであった。主家があるから家臣は禄をもらえる。主家が潰れれば、家臣は浪人になる。戦がなくなって百五十年以上、武士の価値は極端に下がっている。一度浪人すれば、まず二度と仕官はできない。

「なぜ、そのようなまねをした。家が潰れるところであったのだぞ」

羽田安房が甚内を糾弾した。

「家が保《も》たなくなっておりました。ご存じでございましょう、当家の蔵は空だと」

「……………」

甚内に言われて、今度は羽田安房が黙った。

「借財の利子だけで、知行の半分がなくなりまする。我らの禄も半知借りあげ」

半知借りあげとは、主家の収入が少ないため、家臣たちの禄を一時的に半分にすることだ。当初は一年、二年でもとに戻していたが、借財が嵩《かさ》んだ今、半知借りあげは常態化していた。

「それでも金は足りませぬ。上屋敷はさすがに体面もございますので、なんとか金を工面して手入れをいたしておりますが、下屋敷までは手が回りませぬ」

甚内が顔をあげ、羽田安房を見つめた。

「殿は最近、下屋敷へお出《い》ででではございませぬ。その荒れ様をご存じない。壁は崩れ、屋根瓦は落ち、雨漏りが酷いのでございまする」

「金など領地から出させればすむだろうが」

寄合ともなると、徳川家から知行地をもらっている。その知行地からあがる年貢で羽田家はやっていた。

「もう借りられませぬ。すでに限界まで借りておりまする」

甚内が首を左右に振った。

「主家の危難といえば、なんとかなるだろう」

知行地にはどこの旗本も無理を言う。屋敷が火事に遭った、姫さまの輿入れだ、殿がお役に就いた御祝いの会の費用だと知行地に頼る。知行地も代々の殿さまとなれば、多少の無理は聞いてくれた。

「もう、無理なのでございまする。知行地の名主より、次に借財の申し入れがあれば、筵旗《むしろばた》を掲げると」

筵旗とは一揆のことを言った。

「……なっ」

羽田安房が目を大きくした。

一揆をおこされては、治政の能力なしとして、まず隠居、その後、転地になる。

「しかし、なぜ賭場などを」

普通の武家が無頼とつきあうことはない。借財の話が出たことで、少し冷静になった羽田安房が甚内に問うた。

「向こうから寄って参りました。下屋敷の荒れ様を見て、お手伝いしましょうと」

甚内が苦く頬《ほお》をゆがめた。

「それに乗ったのか」

「他に手がございませんでした」

咎めるような羽田安房に、甚内が非難するような声で応じた。

「殿が、殿が、お役に就いてさえくだされば……」

泣くような声で甚内が訴えた。

三千石ともなれば、小姓組頭か駿府城代の副役か、それなりの役目に就くことから始まる。そこから経験を重ねて、小普請組支配、勘定奉行、京都町奉行などの要職へと転じていく。どの役目も余得が多く、一度やれば長年の借財を帳消しにできた。

「………」

羽田安房が黙った。羽田安房も役目に就きたいとは思っていたが、そのための努力はなにもしてこなかった。学問で名前を知られるとか、老中や若年寄などの要路へ誼《よしみ》を通じるなどを、面倒くさいで避けていた。

「で、お咎めはなんでございましょう。改易でございますか、それとも知行所の移動でございましょうや」

甚内が羽田安房に問うた。

「咎めはない」

「へっ」

目付に賭場のことがばれていた。それで咎めがないなど考えられることではなかった。甚内が間の抜けた声を出した。

「町奉行に気付かれているゆえ、どうにかせよとのご忠告であった」

「あ、ああ」

羽田安房の話を聞いた甚内が腰の力を失ったように、座りこんだ。

「よかった、よかった」

甚内が歓喜の余り泣いた。

「三日だ」

羽田安房が指を三本立てた。

「なんのことでございましょう」

安堵して緊張の糸を切った甚内が首をかしげた。

「下屋敷の賭場を潰せとのことだ。三日以内に無頼どもを下屋敷から追い出さなければ、今度は評定所で会うことになると」

「……評定所……それはいけませぬ」

甚内の表情が引き締まった。

「できるな」

「ただちにやりまする」

羽田安房の確認に、甚内が首肯した。

「皆を使っても」

無頼を追い出すとなれば、歳老いた用人だけでは勝負にならない。

「かまわぬ」

羽田安房が認めた。

三千石ともなると、士分の家臣だけでも二十名はこえる。時代が時代だけに剣の遣える者は数えるほどしかいないが、それでも圧力にはなる。

「行って参りまする」

十名ほどの家臣を引き連れて、甚内が下屋敷へと向かった。

施兵衛はいきなりの命令に驚いた。

「今までいくらのお金を差しあげたと思っておられるので」

賭場を潰し、手下どもを連れて出ていけと言われた施兵衛が、甚内に文句を付けた。

「知らぬ。当家はそなたなどから、何一つ受け取っておらぬ」

　甚内が白を切った。

「……ほう」

　施兵衛の声が低くなった。

「使える間は使って、危なくなったら襤褸《ぼろ》切れのように捨てる。さすがはお武家さまだ。三千石ともなると、あっしらなんぞ虫以下なんでございましょうな」

「…………」

　都合の悪い甚内が黙った。

「ですがね、一寸の虫にも五分の魂と申しやす。言われたからといって、はいはいと素直に出ていくとでも。あっしがここを賭場として整えるのに、どれだけの苦労をしたか、ねえ、生野《いくの》さまはご存じでござんしょう」

「わ、儂はかかわりないぞ」

　話を振られた下屋敷番頭の家臣があわてて手を振った。

「なにを言われますかね。二丁向こうのしもた屋に妾をお囲いでござんすが、あの女も家も、あっしがすべてお世話したものじゃございませんか」

「…………」

ばらされた生野が口をつぐんだ。

「生野、そなた」

甚内が生野を咎めた。

「甚内どのにも金を渡しておりましょう」

生野が言い返した。

「一緒にするな。そなたのは私欲を満たすためで、儂はお家の内証を少しでも助けるためにしたことだ」

反撃に怒った甚内が、思わず施兵衛から金をもらっていたことを認めていた。

「内輪もめは、後でやってくださいまし」

施兵衛が苦笑した。

「……うっ」

「むう」

生野と甚内が呻《うめ》いた。

「出ていけと言われて、はいとは申せませんなあ」

「どうしろと」

ただでは動かないと述べた施兵衛に甚内が条件を問うた。

「さようでございますな。一箱いただければ、出ていきましょう」

「一箱……」

甚内が施兵衛の要求に首をかしげた。

「おわかりになりませんか。一箱、千両いただきたいと申しあげておりますので」

「せ、千両……馬鹿なことを申すな」

金額を聞いた甚内が絶句した。

三千石の羽田家は、四公六民で年間一千二百石の年貢を受け取れる。一石一両というのが相場だが、これは白米でのもので、玄米だと精米の目減り一割を計算に入れなければならず、羽田家の年収は金に直して一千八十両ていどになる。

千両はじつに羽田家一年間の収入に等しい。

「それくらいはお渡ししておりましたがね」

「一年で千両ももらってはおらぬわ」

甚内が拒んだ。

「おつきあいも五年ほどになりますがね、こういった手切れ金は分割せず、一括で支払うのが決まりでございましてね」

施兵衛が嘯《うそぶ》いた。

「そんなもの払えるか」

「よろしいので、わたくしがお畏れながらと訴えても……」

「やってみるがいい。すでに町奉行所はそなたに目を付けているぞ」

「…………」

甚内に教えられて、今度は施兵衛が黙った。

「……事情を聞かせていただきましょう」

施兵衛が迫った。

「殿がお呼び出しを受けた。当家で賭場が開かれていると町奉行所から、注意があったとな」

甚内が目付のことを隠して告げた。

「町奉行所は旗本屋敷に手出しできないはずでは」

「……お目付さまを通じてならできよう」

苦い顔で甚内が明かした。

「なるほど。賭場を持つ旗本を脅して、あっしらを追い立てようと。今までそんなことはしなかったですがね」

施兵衛が怪訝な顔をした。

「まさか……北、それとも南のどちらで」

すっと施兵衛の表情が変わった。

「北町奉行曲淵甲斐守さまだそうだ」

問われた甚内が答えた。

「北町……あっ」

施兵衛が声をあげた。

「どうした」

甚内が聞き咎めた。

「いえ、どうでもございません。わかりやした。去らせていただきましょう」

「なにっ、まことか」

不意に態度を変えた施兵衛に、甚内が驚いた。

「はい。お家にご迷惑をお掛けするわけには参りませんので。ただし、今月分のお金は、御免を蒙《こうむ》りまする。生野さまのご妾宅も今日までとさせていただきます」

「……やむを得ぬ」

甚内が金をあきらめた。

「待て、みねはどうなる」

生野が妾の名前を出した。

「喜びましょうな。閨《ねや》ではしつこいくせに、一向に気持ちよくしてくれないと申しておりましたので」

施兵衛が笑った。

「みねが、そのようなことを言うはずはない。あやつは拙者のことを好んでいると……」

「妾も商売でございますので。客には愛想の一つも振りましょう。あいにく、生野さまはたった今、みねの客ではなくなりましたが」

未練を見せた生野に、施兵衛が冷たく宣した。

「きさまっ」

激した生野が、施兵衛へ摑《つか》みかかろうとした。

「……なめるな」

施兵衛が生野の顔を殴りつけた。

「ぎゃっ」

吹き飛ばされた生野が、みっともない姿で転がった。

「今までは、家主だと思えばこそ奉ってやったんだ。もう、それも終わった。これ以上なにか苦情を言い立てるなら、こっちも遠慮はしねえぞ」

施兵衛が凄んだ。

「ひっ」

鼻血を流しながら生野が、後ずさった。

「…………」

生野だけではなく、甚内が上屋敷から連れてきた家臣たちの腰も引けていた。

「情けない」

その様子に甚内が嘆息した。

「さあ、片付けなきゃいけませんのでね。少し外していただけますか」

口調をもとに戻した施兵衛が出ていけと手を振った。

四

「……ふん」

羽田家の者がいなくなるのを見た施兵衛が鼻を鳴らした。

「まったく、肚《はら》ができていねえな。あれでお侍でございと偉そうにできるんだ。人というのは生まれだな。まったく、なんの因果でこんな生まれだったのだか」

施兵衛が愚痴をこぼした。

「親分、どうしやす」

配下が施兵衛に問うた。

「どうするって、賭場をたたむしかねえだろう。おい、何人かをお得意さまへ走らせろ。新しい賭場が見つかるまで、しばし、お休みをさせていただきますとな」

「へい」

うなずいた配下が走っていった。

「旗本屋敷は、こういうことがある。となれば、次はお寺か。寺ならば、町奉行所は手出しできねえし、寺社奉行所なんぞどうとでもできる。この近くにいい寺でもないか」

施兵衛が呟きながら、奥へと向かった。

「兄い、いいか」

襖を開けずに、施兵衛が訊いた。襖の内側には、陰蔵とお羊がいる。不意に開けて、盛っているのを見るのは気まずい。

「ああ、開けてくれ」

すぐに陰蔵の答えがあった。

「邪魔をしやす」

軽く一礼して施兵衛が、なかへ入った。

「どうしたい、なにやら賑《にぎ》やかだったが」

十名ほどの家臣が集まってきたとあれば、どうしても気配は伝わる。

陰蔵が尋ねた。

「出ていけと言われてしまいましてね」

「……それは」

表情も変えずに伝えた施兵衛に、陰蔵が目つきを鋭いものにした。

「北町奉行曲淵甲斐守に目を付けられたようで」

「ちっ、しつこい野郎だ」

言われた陰蔵が吐き捨てた。

「すまねえな。迷惑をかけてしまった」

陰蔵が頭を下げた。

「で、折れたのか」

「いたしかたございませんでしょう」

問うた陰蔵に、施兵衛がうなずいた。

「賭場一つ失わせたとは、大きな借りができちまったな」

陰蔵が申しわけなさそうに言った。

「借りだと思ってくれやすか」

施兵衛が陰蔵を見た。

「もちろんだとも。おいらたちを匿ったことで町奉行所に目を付けられたのだからな」

陰蔵が認めた。

「なら、借りを取り立てさせてもらいましょう」

「金はないぞ」

借りを清算しろと言った施兵衛に、陰蔵が首を横に振った。

「知ってますよ」

金があれば、知り合いに頼らずともよい。しばらく箱根へ湯治にでも行ってほとぼりをさませばいいのだ。江戸を離れるだけの金がないからこそ、陰蔵は頼ってきた。それくらい施兵衛もわかっていた。

「ではなにを……」

「縄張りを譲っていただきましょう」

代わりになにが欲しいと聞きかけた陰蔵に、押し被せるようにして施兵衛が告げた。

「なにを言っているかわかっているんだろうな、施兵衛」

陰蔵が凄みの利いた声を出した。

「わかっているからこそ、要求しているんですよ、兄い」

施兵衛が続けた。

「もう、兄いに縄張りを維持するだけの力はねえ」

「馬鹿なことを。おいらを誰だと思っている。江戸の闇を取り仕切る陰蔵さまだぞ」

「闇は表に出ちゃあ、いけやせん。日の光を浴びたら、闇は消えるしかないんですぜ。兄い。町奉行所に目を付けられたとあれば、とてもやってはいけませんでしょうが」

施兵衛が笑った。

「町奉行所なんぞ、どうにでもできる。おいらが今回の仕事を引き受けたのは、町奉行所の与力から頼まれたからだ。でなきゃ、日本橋の播磨屋の係人に手なんぞ出すか」

「はたしてどうなんでございましょうかねえ。北町奉行曲淵甲斐守から御上へ話が回り、そこから羽田の殿さまがお叱りを受けたんでござんすよ。与力さまの後ろ盾はどうなったんで。与力の力がなくなったとしか思えやせんぜ」

与力の助けがあると述べた陰蔵を、施兵衛が嘲笑《ちようしよう》した。

「……………」

陰蔵が黙った。

「てめえ、陰蔵の親分に生意気な口を利きやがって」

陰蔵の配下、巳吉が施兵衛へ凄んでみせた。

「てめえこそ、引っこんでな。三下」

施兵衛が怒鳴りつけた。

「やろうっ」

巳吉が懐へ手を入れた。

「おいっ」

大きな声を施兵衛があげるのを合図に、長脇差を手にした手下たちが入ってきた。

「うっ」

巳吉の手にあるのは匕首《あいくち》だけである。それで数倍の長脇差に立ち向かえるはずもなかった。

「引きな、巳吉」

陰蔵が巳吉を手で制した。

「ですが親分……」

「勝ち目はねえ。無駄に死ぬことはないさ」

渋る巳吉を陰蔵が宥めた。

「さすがは陰蔵の兄いだ。よく状況をおわかりだ」

施兵衛が褒めた。

「嫌味なことを言うねえ。ちっ、おいらも焼きが回ったな。こんな義理もわからねえ奴を頼ってしまうとはよ」

「頼りにはなったはずですぜ。わずかな間とはいえ、宿と飯と酒を出してもてなしたんでござんすから」

嘆息した陰蔵に、施兵衛が肩をすくめてみせた。

「たしかにそうだ」

陰蔵が首肯した。

「縄張りを譲れと言うならば、従うしかねえ。今のおいらに賭場一つを購《あがな》うだけのものはそれしかないからな」

「親分」

「…………」

情けなさそうに口にした陰蔵へ、お羊と巳吉が愕然《がくぜん》とした。

「だが、それじゃあ、釣り合わねえんじゃねえか。こっちの縄張りには、賭場が四つと岡場所が二つ、他に用心棒代を取りあげている店が二十軒はある。それを全部寄こせとは、強欲が過ぎるんじゃねえか、施兵衛」

陰蔵が文句を付けた。

「維持さえできていないだろうに」

施兵衛が陰蔵を見下した。

「…………」

陰蔵が施兵衛を睨みつけた。

「読みが外れたことは認める。与力がどうにかしてくれると思っていたのだが、町奉行を抑えきれなかった」

陰蔵が小さく首を左右に振った。

「だがな、縄張りを維持できていねえとは言わせねえぞ。今から、縄張りを一回りするだけで、引き締められる」

まだまだそれくらいの威はあると陰蔵が胸を張った。

「まあ、思うのは勝手だが……ならば、さっさと回って賭場一つの代償を集めてきてくれや、兄い」

「てめえ、なんという口の利き方だ」

施兵衛の変化に、巳吉がまた憤った。

「それとも、てめえが代わりに払うか。賭場の貸し借りと同じで、即金だぜ。ねえというなら、命を取られても文句は言えねえのが、賭場の貸し借り。それくれえは、知っているだろう」

「うっ……」

施兵衛に言われて、巳吉が黙った。

「引っこんでろ、巳吉」

二度も配下をあしらわれた陰蔵が機嫌の悪い顔をした。

「すいやせん」

巳吉が後ろへ下がった。

五

力関係をあらためて報された陰蔵が、大きく息を吸って、吐いた。

「……わかった、施兵衛。二刻（約四時間）ほど待っていてくれ、縄張りを回って金を集めてくる」

陰蔵が腰をあげた。

「つきあいだ。二刻なんて細かいことは言わねえよ。子の刻（午前〇時）まで待とうじゃねえか。どうせ、こちらも他人目のある日中に、お屋敷をぞろぞろと出ていくわけにはいかねえしな」

施兵衛が刻限を延ばした。

「すまねえな」

陰蔵が礼を言った。

「巳吉、付いてきな。お羊、悪いが留守番を頼む」

「へい」

「あい」

親分の指示に、二人が従った。

「行くぜ」

「ああ、気を付けてな、兄い」

部屋を出かけた陰蔵に、施兵衛が声をかけた。

「町奉行の手の者と播磨屋伊右衛門の用心棒が、この屋敷の側にいるはずだからな」

「なんだとっ……」

陰蔵が目を剝《む》いた。

「まさか、気付いていなかったのか。いやあ、江戸の闇を仕切る陰蔵の兄いともいうお方が、それに……」

施兵衛が大仰にあきれてみせた。

「……どういうことだ」

怒りを抑えた陰蔵が訊いた。

「屋敷で賭場が開かれていると、北町奉行曲淵甲斐守から羽田へ報せがあったんだぜ。そんなものわざわざ言わなくても、このあたりの下屋敷なら、どこでもやっていることだろう。わざわざ羽田家と名指しする意味がある。そして、ここ最近で羽田家に変わったことといえば……」

「おいらか」

苦い顔で陰蔵が応じた。

「そうだ。つまり、羽田家を煽って、賭場を閉じさせたのは、おいらたちを屋敷から離し、兄いを外へ放り出させるためなんだよ」

馬鹿にしたような言葉づかいを施兵衛がした。

「………」

陰蔵が黙った。

「じゃあ、気を付けてな」

そこまで話しておきながら、施兵衛が陰蔵を促した。

「ま、待て」

陰蔵があわてた。

「おや、どうかしたんで」

施兵衛がわざとらしく問うた。

「出ていけば、捕まるとわかっているんじゃや、出ていけないだろうが」

町奉行にかかわりのある女、しかも日本橋でも有数の大店《おおだな》播磨屋の一族を攫おうとして襲ったのだ。捕まれば、厳しい拷問にかけられ、余罪をすべて吐かされた後、首を討たれるのはわかっている。

たった二人で待ち構えている連中に勝てるわけもなく、陰蔵はねっとりとした汗を掻いた。

「それでは、どうするんだ。こっちへの借りは」

「長いつきあいじゃねえか。しばらく待ってくれてもよいだろう」

請求した施兵衛に、陰蔵が下手に出た。

「いつまでだ」

「町奉行所があきらめるまでだ」

問われた陰蔵が答えた。

「話にならねえな。まったく、貧すれば鈍するとはよく言ったもんだぜ。いいか、陰蔵。おいらたちは今日いっぱいでこの屋敷を去る。つまり、おめえたちをかばってくれる者は、ここからいなくなるんだ」

「あっ」

陰蔵が気付いた。

「いや、賭場をなくせばいいんだろう。だったら、賭場にかかわりのないおいらたちがここにいても問題ないはずだ」

抜け道を見つけたと陰蔵が喜んだ。

「誰が面倒を見てくれるんだ。金もないんだろう。第一、おいらたちとの縁を断ちきった連中が、かかわりあるおめえたちを匿ってくれるはずはない」

「なんとか頼んでくれ」

「ふざけるねえ。おめえのおかげで月に百両からあった儲けをふいにしたんだ。これ以上はごめんだな」

施兵衛が冷たく切り捨てた。

「じゃ、じゃあ、おいらたちも一緒に次のところへ連れていってくれよ」

泣きそうな顔で陰蔵が頼んだ。

「で、また町奉行に目を付けられろと。とんでもねえ、疫病神だ」

憎々しげに施兵衛が陰蔵を睨みつけた。

「じゃあ、どうすれば……」

「縄張りを譲ると証文を書きな。そうすれば、江戸を離れるくらいの金はくれてやる」

施兵衛が迫った。

「どのくらいくれる」

窺《うかが》うような目で陰蔵が尋ねた。

「十両」

「ふざけたことを。縄張りの賭場一つでも月に五十両以上は儲けが出る。岡場所もそうだ。年にして千両は欠けない縄張りだぞ。それを十両とは、あまりに阿漕だ」

金額を告げた施兵衛に、陰蔵が怒った。

「おい、こいつらを放り出せ」

施兵衛が手下たちに指図した。

「へい」

「合点で」

手下たちが長脇差の切っ先を陰蔵と巳吉に突きつけた。

「…………」

白刃の持つ恐《おそれ》に、打ちのめされかけていた陰蔵は立ち向かえなかった。

「せめて一人十両くれ」

陰蔵が値上げを求めた。

「三十両か。ふむ、いいだろう。その代わり、二度と江戸へ足を踏み入れるなよ。見かけたら、即座に播磨屋へ売るぞ」

町奉行所に訴人しても金はもらえない。だが、商人は話が通じる。

施兵衛が脅しをかけた。

「わかっている」

力なく陰蔵が同意した。

「親分……」

巳吉が泣いた。

「二十両でいいよ」

しんみりした雰囲気を、女の声が切った。

「うん……」

怪訝そうな顔で施兵衛が、お羊に目をやった。

「あたいは、施兵衛の親分さんに付くから」

お羊が施兵衛に媚《こ》びを売った。

「お羊、てめえ」

「裏切る気か」

落ちこんでいた陰蔵と巳吉が、怒声をあげた。

「裏切るって、おふざけじゃないよ」

お羊が冷たい目で陰蔵を見た。

「三人で三十両、稼ぐあてのない江戸以外の土地で、そんな金なんになるのさ。一月もしないで使い果たすのが落ちだろう。そうなったとき、どうするの」

「どこかの宿場を手に入れれば……」

「手下もいないのよ。たった三人でどうやって」

「品川に行けば、逃げ出した連中がいる。そいつらを連れて……」

「縄張りもないのに、従ってくれると思ってるの」

陰蔵の話に、お羊があきれた。

「お金がなくなったら、終わり。それが闇というものでしょう。旅路で路銀がなくなったら、最初にあたしが売られる」

「そんなことはしねえ」

お羊の言葉を陰蔵が否定した。

「ふん」

鼻でお羊が笑った。

「今までやってきたことを思えば、それを信じられるわけないでしょ。それにあたしは江戸から離れたくないの。綺麗な着物も小間物もない田舎暮らしなんてまっぴら御免。だから……」

お羊が膝で施兵衛へすり寄ろうとした。

「懐のものをまず、捨てな」

施兵衛がお羊の武器を警戒した。

女で殺しを請け負うとなると、まず身体を使って男を油断させる。いい身体だと鼻の下を伸ばしていたら、隠し持っていた武器で刺されて終わりになる。

「あい、あい」

　すなおにお羊が匕首を捨てた。

「簪《かんざし》もだ」

　櫛巻《くしま》きに髪を留めている簪も施兵衛は捨てさせた。

「これでいい」

　まとめあげていた髪を下ろしたお羊が訊いた。

「なんなら、ここで裸になってもいいけど」

　お羊が帯に手をかけた。

「そこまでしなくてもよいさ。わかった、おめえはおいらが面倒見てやろう」

「やれ、うれしや」

　もういいと言った施兵衛が、お羊を抱き寄せた。

「お羊、てめええ」

　昨日の夜まで、己の腕のなかで身もだえていた女が、別の男に媚びを売る。陰蔵が真っ赤になった。

「いいのか、陰蔵。刻限は迫ってくるぜ」

施兵衛の冷たい声に、陰蔵は頭から血を一気に落とした。

「縄張りを回って金を作ってくれるんだろう」

「……それは」

屋敷の外へ出たら、曲淵甲斐守か播磨屋伊右衛門の手の者に捕らえられる。そう言われて、出ていけるほど陰蔵は腕に自信がなかった。

「それが嫌なら、さっさとここに名前を書いて、血判を押しな。さすれば二十両くれてやる」

「三十両だろう」

「間の抜けたことを言わないでくれよ、兄い」

約束は三十両だと抗議した陰蔵を、施兵衛がもとの呼び名で嘲笑した。

「一人頭十両だと言っただろう。そっちは二人なんだ。一人十両、二人で二十両、お店奉公に出たばかりの丁稚《でっち》でもまちがわねえぜ」

施兵衛がこれ見よがしに、お羊の懐へ手を入れた。

「やだ、どこ触ってるの」

お羊が身をよじって、嬌声をあげた。

「くっ」

女を奪われた陰蔵が歯嚙みをした。

「親分、あっしはどこまでもお供しやす」

巳吉が陰蔵の背に手を置いた。

「よく言ってくれた、巳吉。きっと報いてやるぞ」

陰蔵が感激した。

「わかった、筆を貸せ」

陰蔵が施兵衛へ手を伸ばした。

「おい、矢立を渡してやれ」

施兵衛が配下に命じた。

「……これでいいな」

配下から受け取った矢立から筆を取り出した陰蔵が名前を記し、左手の親指を嚙みきって血判を押した。

「結構だ。二十両くれてやれ」

「へい」

書付を受け取った施兵衛が、別の配下に顎で指示を出した。

「これを」

陰蔵の前に配下が小判を二十枚置いた。

「……受け取ったぜ」

小判の耳を揃えて確認した陰蔵がうなずいた。

「では、これでお別れだ。江戸を売るおめえとは二度と会わないだろうが、達者でな」

「くたばりやがれ」

口だけの気遣いを陰蔵が切って捨てた。

「高輪の大木戸を出るまで護衛を付けてやるよ。町奉行所の力は、それより西には利かないからな」

施兵衛が手下に送らせると言った。

「……わかった」

二人で羽田家の屋敷を出て逃げていける自信はない。陰蔵が護衛を了承した。

「もし、町奉行所か播磨屋の手が襲いきたら、見捨てて逃げるぞ」

陰蔵が護衛の面倒は見ないと告げた。

「それでいい。さっさと江戸から出ていってくれればな」

施兵衛が手を振った。

「行くぞ、巳吉」

「へい。覚えてやがれ」

陰蔵に促された巳吉が捨てぜりふを吐いた。

羽田家の屋敷を出た陰蔵は、巳吉に小声で囁《ささや》いた。

「高輪の大木戸まで走るぞ」

「よろしいんで」

ちらと護衛に目を走らせた巳吉が訊いた。

「送り狼なんぞ、信用できるか。いいな」

「へい」

示し合わせた陰蔵と巳吉が走り出した。

「あっ」

「野郎」

護衛たちがあわてて後を追った。

「陰蔵だな。あちらは品川の方向。どうやら江戸から逃げるつもりのようだが、甘いわ」

羽田屋敷を見張れる辻角に隠れていた浪人が姿を見せた。

「池端《いけはた》先生、あっしは播磨屋さんへ報せに走ります」

後ろにいた町人が尻端《しりは》折《しょ》りをした。

「頼んだ。拙者は陰蔵たちを高輪の大木戸まで、追い立てる」

播磨屋伊右衛門に雇われ、咲江の警固を務めた者たちの長をしていた浪人、池端がうなずいた。

第三章　崩壊の序

一

北町奉行所定町廻り同心石原参三郎《さんざぶろう》は、他人目を憚《はばか》るようにしながら、担当の町内を回っていた。

「変わりはないか」

「こいつは石原の旦那。お陰さまで」

声をかけられた自身番の番太が腰を深く折った。

「そいつは重畳だな。じゃあな」

「白湯《さゆ》しかございませんが、一服なさっていかれませんか」

うなずいて去ろうとした石原を自身番から出てきた老人が呼び止めた。

「伊東屋どのか。ふむ、馳走《ちそう》になろう」

老人の誘いに石原は乗った。

伊東屋は町内を預かる地主の一人で、自身番に顔を出しても不思議ではなかった。

「どうぞ、なかへ」

ていねいに伊東屋がお先にと手を伸ばした。

自身番の構造などどこも同じである。土間と番太が寝るためだけの板の間、これほど簡素な造りの建物はまずない。

「……あちらは」

番小屋に入った石原は、板の間で端座している身形のよい商人に気付いた。

「お初にお目にかかります。日本橋で酒問屋を営んでおりまする播磨屋伊右衛門と申しまする」

「播磨屋っ……」

立ちあがって小腰を屈《かが》めた播磨屋伊右衛門に、石原が目を剝いた。

「伊東屋どの。これは……」

石原が後ろに立っている顔なじみの商人伊東屋を振り向いた。

「戸障子を閉めて、誰も入れないように見張っておくれ」

伊東屋は石原には応じず、番太に他人払《ひとばら》いを命じた。

「へい」

番太が戸障子を閉めた。

「あっ……」

石原が啞然とした。

「まあ、お座りを。なにも取って食おうというわけじゃありませんよ」

播磨屋伊右衛門が、石原に語りかけた。

「俎板《まないた》の鯉《こい》かい」

石原が嘆息した。

「伊東屋さんをお責めにならないでくださいな。わたくしが強硬にお願いしたからでございまする」

播磨屋伊右衛門が伊東屋をかばった。

「同じ穴の狢《むじな》だろうが」

「たしかに」

苦い顔をした石原に伊東屋が同意した。

「さて、石原さまもお忙しい身、前置きは抜きとさせていただきまする」

「そうしてくれ。言葉の裏を読むのは苦手なんでな」

開き直った石原が、板の間に腰をかけた。

「曲淵甲斐守さまに付きませんか」

「……また思いきり直接に来たな」

播磨屋伊右衛門の誘いに、石原が一瞬の間を置いて苦笑いをした。

「こっちも面倒な言い回しはしねえぞ。それは筆頭与力さまを裏切れということだな」

「お話の早いお方は好ましいですな。さようでございまする」

石原の確認を播磨屋伊右衛門が認めた。

「同心が与力に刃向かうなんぞ、己で首を絞めるのと同じだぞ。与力の許可がなければ、越年できねえのが同心だ」

「存じておりますとも」

町方の仕組みに播磨屋伊右衛門は通じていた。

「与力方は譜代、同心の皆様は一代抱え。毎年、年の瀬に与力さまから越年の許しを得なければ、翌年には役目を解かれる」

「わかっているなら、おいらがどう答えるかはわかっているだろう」

石原が断ると匂《にお》わせた。

「その越年を申し付けられるのは、筆頭与力さまのお仕事でございますか」

「そうだろう、ここ数年はずっと竹林さまだったからな」

播磨屋伊右衛門の問いに、石原が告げた。

「それが違うのでございますよ」

「……どう違うと」

否定した播磨屋伊右衛門に、石原が警戒を露わに尋ねた。

「奉行所の人はすべて年番方与力さまの管轄。ただ、慣例として筆頭与力が代行していただけ」

「左中居さまが……しかし、左中居さまも竹林さまと手を組んで……まさか」

「勘のよいお方でございますな。まあ、そうでなければ定町廻りなどできませぬ」

はっとした石原を播磨屋伊右衛門が褒めた。

「左中居さまが、お奉行さまに寝返った……」

「寝返ったなどと他人聞きの悪い。左中居さまは当たり前のこととして、上司たるお奉行さまに従われただけで」

驚く石原へ、播磨屋伊右衛門が微笑んだ。

「……」

石原が黙った。

「いかがでございますか」

「な、なんで拙者に声をかけた」

緊張からか、石原の言葉遣いが変わった。

「あなたがまともな町方のお方だったからですな。わたくしの住まいしておりまする日本橋などは、定町廻り同心さまはお見えにならなくなりました。それにつれて御用聞きも来てません。幸い、あのあたりは大きな店が多く、それぞれがお願いした浪人さまが見回ってくださってますので、あまり影響は出てませんが、両国や浅草では町方役人の姿がないのをいいことに、無頼どもが好き放題しているとか」

「……」

聞かされた石原が辛《つら》そうな顔をした。

「お奉行さまが気に喰わないのは結構、どうぞもめてくださいな。ただ、それをわたくしたちに押しつけるのはご勘弁を」

「わかってはいる。だが、お奉行さまの言われるとおりにすれば、八丁堀の伝統が崩れてしまう。我らは出世して離れていくお奉行さまと違い、末代まで町方なのだ。たった一人のお奉行さまのために、傷を受けるわけにはいかぬ」

播磨屋伊右衛門の言いぶんに、石原が苦渋の思いを語った。

「だから、それについては勝手にやってくださいと申しあげました。お奉行さまを飾りにするか、町方のお役人が走狗《そうく》になるか、こっちには関係ありませんでしょう」

「えっ」

石原が絶句した。

「わたくしどもは、ご城下が安寧であればよろしいので」

「だが、播磨屋どの、おぬしは先ほど曲淵甲斐守さまに付けと言われただろう」

話が矛盾していると石原が指摘した。

「被害を受けたからでございますよ。竹林さまの」

「筆頭与力さまの被害とはなんだ」

憎々しげに言った播磨屋伊右衛門に、石原が問うた。

「わたくしのところにおりまする縁者の女を竹林さまは攫おうとなされた」

経緯を播磨屋伊右衛門が述べた。

「そんな馬鹿なことを……」

石原が呆然とした。

「事実でございますよ。多くの者が見ておりますし」

「……なんということを」

確証があると言った播磨屋伊右衛門に、石原が愕然となった。

「よってわたくしは曲淵甲斐守さまに付きました。もっとも、これも竹林さまが敗北されるまでですが。商人はあまり御上の事情に踏みこむものではありませんから。いっときは余得でよいかも知れませんが、そのお方が転ばれたとき、一緒に身を滅ぼすことになりますので」

播磨屋伊右衛門が考えを言った。

「ああ、もちろん石原さまがお断りくださっても、なにも変わりません。担当している町内をしっかり守ってくださったお方だ。ねえ、伊東屋さん」

「はい。今まで通り、石原さまにはご援助をさせていただきまする」

伊東屋が同意した。

「ちなみに、廻りを怠ったお方たちのもとには、今後一文の金もお渡しいたしません。これは各町内の地主たちで決めたこと」

「合力金がなくなる……」

石原が顔色を変えた。

貧しい町方同心が妾を囲うほどの贅沢ができるのは、城下の商人や大名家から、なにかあったときのためにと払われている合力金のお陰である。

その合力金を商人が出さなくなる。大名たちは変わらなくとも、その収入は激減した。大名の数よりも商人は多いうえ、出す金の桁《けた》が違う。

「当たり前でございましょう。守るどころか、お役目として命じられている廻り方さえ、なさらないお方に、金を払えるわけなどありませんな、伊東屋さん」

「はい。それならば米の相場にでも手を出して、損したほうがまだましでございますな。うまくいけば、数倍になって返ってきますから」

播磨屋伊右衛門の意見に伊東屋がうなずいた。

「ま、待ってくれ。それでは、我らが喰えぬ」

「だから、石原さまにはお支払いすると申しました」

手を突き出した石原に、伊東屋が表情を厳しいものにした。

「……そういうことか」

石原が唾《つば》を呑んだ。

「猶予は何日くれる」

「三日でございますな。三日以内に担当している自身番すべてを見回ってくださったお方は、今まで通り。四日経《た》ってもお見えでないお方は、二度とおつきあいをいたしませぬ」

「二度と……代替わりは」

逆らった者たちが隠居して、息子の代になったら許すのかと石原が訊いた。

「そうでございますな、いかがでしょう、伊東屋さま」

「大事ないかと存じますよ。石原さまならば、お願いしても」

播磨屋伊右衛門と伊東屋が相談をした。

「なんのことか、はっきりしてくれ」

蚊帳《かや》の外に置かれた石原が気にした。

「ああ、それも石原さまにお任せしようと」

「なっ」

石原が絶句した。

「い、意味がわかっているのか」

「もちろんでございますとも。ねえ、伊東屋さん」

「はい」

確かめた石原に、播磨屋伊右衛門と伊東屋が首肯した。

「拙者が八丁堀同心の家督に介入すると言っているのだぞ、おまえたちは」

石原が声を荒らげた。

「まともなお方が、八丁堀をまとめる。これのどこに問題がございますか」

播磨屋伊右衛門が首をかしげた。

「わかっているのだろう。拙者が認めない限り、家督相続ができぬのと同じだぞ。

それは」

「はて、不思議なことを仰せになる。家督相続はそのお家のこと。わたくしどもにはかかわりございませぬ」

怒鳴るような石原に、播磨屋伊右衛門が笑った。

「三十俵二人扶持だけでやっていける町方同心なんぞいないわ。皆、合力金で食べているのだ」

町方同心は三十俵二人扶持を基本としている。花形である定町廻り同心とか、年数を重ねた老練な同心は、そこに一人扶持、二人扶持を加えられる。

本禄である三十俵二人扶持は金にして、年に十二両ほどで、それだけで生活するにはかなり厳しい。これが大番組同心などのように、武芸の鍛錬だけをしていればいい役目などならば、まだどうにかなるが、町人と触れ合う町方はそうはいかない。あまり尾羽打ち枯らした姿では侮られてしまう。

「面白いことを言われる。合力金は御上から下される禄ではございませぬ。もらえるかどうか、いくらもらえるかなど、決まっておるわけではありません。あれは、我らの気遣いでございまする」

「うっ……」

　正論に石原が詰まった。

「そのあたりを、北町奉行所のお方は勘違いなされているようで」

　もらうのが当然だと思うなと播磨屋伊右衛門が釘を刺した。

「たしかにそうであった」

　石原が見識の誤りを認めた。

「もし、拙者が断れば」

「別に困りませぬ。先ほども申しましたように、ご城下のことを考えてくださるお方には、合力をさせていただきまする」

　敵対する者には金をやらないと播磨屋伊右衛門が伝えた。

「筆頭同心以上の力を拙者に振るえと言うか」

　金がもらえるかどうかを石原が握る。町方同心のすべてが石原の顔色を窺うことになる。その力の大きさに、石原がためらった。

「……………」

　黙って播磨屋伊右衛門が石原の決断を待った。

「ふううう」

石原が大きく息を吐いた。

「他に道はねえな」

もとの崩れた調子に石原が戻った。

「覚悟は決まったぜ。たしかに、おいらたちも驕《おご》っていた。町方の役目は町奉行所の主導権を誰が握るかじゃねえ。江戸の治安を守ることが、おいらたちの仕事だ。上役に指図されたからといって、それを放棄しちゃいけねえな」

「はい」

決意を口にした石原に、播磨屋伊右衛門が笑った。

「引き受けた。どこまでできるかわからねえが、精一杯やってのけるさ」

石原が立ちあがった。

「まずは、廻り方の義務を果たす」

「お願いをいたしまする」

「よしなに」

播磨屋伊右衛門と伊東屋が立ちあがって、頭を下げた。

「ああ、麻布あたりを回っている小野田は、すでに説得してある」

「承知いたしました。小野田さまでございますね」

自身番の戸障子に手をかけて告げた石原に、播磨屋伊右衛門が繰り返した。

「寝る間もねえな」

わざとらしいため息を吐きながら、石原が出ていった。

二

亨は曲淵甲斐守の側に詰めていた。町奉行の役宅は、今や完全な敵地であった。いや、完全ではないが、あからさまに不利な状態にあった。

さすがに町奉行を町奉行所の敷地内で襲うような愚は犯さないと思われるが、追い詰められればなにをするかわからないのが人である。

まず、筆頭与力による町方情勢の報告がなくなった。と同時に、宿直番《とのい》の与力も顔を出さなくなった。

曲淵甲斐守は、江戸の城下のことを知る手段を断たれていた。

「亨」

「はっ」

下段の間で控えていた亨は、曲淵甲斐守に呼ばれた。

「これを播磨屋へ届けよ」

曲淵甲斐守が書状を差し出した。

「ですが……」

今、亨が側を離れれば曲淵甲斐守の警固をする者がいなくなる。亨がためらった。

「大丈夫だ。江崎《えざき》」

「……はい」

曲淵甲斐守の呼びかけに声だけが響いた。

「……えっ」

亨は周囲を見回したが、隠密廻《おんみつまわ》り同心江崎羊太郎《ようたろう》の姿を見つけられなかった。

「武者隠しじゃ」

困惑している亨の様子に、曲淵甲斐守が笑った。

「この襖の向こうが武者隠しになっておる」

曲淵甲斐守が右の襖を指さした。

武者隠しとは、その名のとおり警固の侍を潜ませておくところである。押し入れや戸袋に偽装され、主君が来客と応対している様子を見守り、いざというときに飛び出す。

露骨に警固の家臣を侍《はべ》らせるのはまずいときなどに使用され、ちょっとした武家屋敷ならば、たいがいあった。

「心配するな。江崎は一刀流《いっとうりゅう》の遣い手でもある。なにより、左中居がそんな馬鹿を余のもとへ来させせぬわ」

まだ不安そうにしている亨に、曲淵甲斐守が告げた。

左中居作吾《さくご》は、町奉行所の内政を司る年番方与力である。与力、同心の人事や、町奉行所の予算を執行する権を持っている。その力は筆頭与力竹林一栄を上回ると言えた。

「まだ納得できぬならば、木戸を見てこい」

「ごめんを」

あきれながら勧めた主君に一礼して、亨は町奉行役宅と町奉行所を隔てる木戸へと向かった。

「なにか」

姿を現した亨を木戸の側に控えていた同心が見た。

「いや、なんでもござらぬ」

亨はあわてて役宅玄関へと回った。

「お出かけでござるか」

先日まで内与力の一人であった山上がいた玄関脇の小部屋には、巻き羽織を着た同心が座っていた。

「ま、まもなくお奉行さまの命で出かけまする」

「わかりましてございまする」

亨の言いわけを同心が受けた。

戻ってきた亨を曲淵甲斐守が笑いながら出迎えた。

「どうであった」

「たしかに、同心が詰めておりました」

問うた曲淵甲斐守に、亨は答えた。

「左中居どのは、中立を宣されたのではございませぬか」

亭が疑問を口にした。

「余がどうするかと訊いたときのことか。たしかに左中居は、余にも竹林にも付かぬと申したな」

曲淵甲斐守が首肯した。

「では、なぜお奉行さまの警固を……」

「当たり前であろう。もし、町奉行所のなかで馬鹿が余を襲ってみよ。理由はどうあれ、その責任は町奉行所のなかを統轄する年番方与力が負わねばならぬ。もし、余が怪我《けが》でもしたら、左中居は切腹だ。吾が身惜しさの行動じゃ」

わからないと言った亭に、曲淵甲斐守が語った。

「ああ」

亭は納得した。

「わかったならば、さっさと行け。播磨屋と話をするだけではないぞ、西の娘の機嫌も取ってこい。閉じこめておるからの。不満を溜めておるだろう」

曲淵甲斐守が楽しそうに頬を緩めた。

「………」

なんとも言えない顔を亨はした。

町奉行所を出た亨は、日本橋へ向かいながら背後の気配を探っていた。

芝の神明社へ向かう咲江の供をしていたときの経験が大きくものをいっていた。

「三人か。大盤振る舞いだな」

亨は苦笑した。

辻を曲がるときに、少し足下を見る振りをするだけで、振り向かずとも後ろを確認できる。

「御用聞きのようだ」

さすがに身形だけでばれる町方同心ではなかった。

「隠すところでもなし。付いてくるがいい」

亨は背後を気にせず、播磨屋伊右衛門のもとへと急いだ。

「邪魔をする」

「余計な者を連れてくるな」

播磨屋の暖簾を潜った亭を出迎えたのは、志村《しむら》であった。

志村は播磨屋伊右衛門の雇った用心棒である。咲江の警固をする段階で、亭の腕試しを言い出し、一度試合をして以来、みょうに馬が合って垣根のない交流を持っていた。

「付いてきたものはしかたあるまい」

亭も言い返した。

「ふん」

志村が鼻を鳴らした。

「で、町内はどうだ」

亭は志村が播磨屋伊右衛門の依頼で、この付近を見回っていることを知っていた。

「なにもねえな。さすがに江戸一の日本橋だ。町方がいなくなったと喜んで馬鹿をする奴は少ないな」

「少ない……いたのだな」

志村の言葉をしっかりと亭は聞いていた。

「江戸へ出たての世間知らずだ。日本橋の繁華に浮かれて、ちょいと脅せば暖簾を気にして、金を出すだろうと凄んだ奴がいたくらいだ」

なんでもないと志村が言った。

「どうした、そいつは」

「二度と日本橋に近づきたくなくなるようにしたさ」

訊いた亨に、志村が告げた。

「殺してはいまいな」

「あたりめえだ。そんなまねをしてみろ、町方にいい口実を与えてしまうだろうが」

志村が手を振った。

「てめえらが、仕事をほっぽり出した結果だとしても、人殺しは見逃せねえ。早速に捕まえに来て、それこそ播磨屋どのもかかわりとして大番屋へ連れていきかねない」

「町方役人の面の皮は、どこまで厚いのだ」

亨が嘆息した。

「面の皮が厚くなければ、なにもしないで金なんぞ受け取れねえだろう。町方役人の子供は、最初ににぎにぎを覚えるというからな」

志村が口の端をつりあげた。

「金をもらうのが習い性だと……情けない」

先ほどよりも大きなため息を、亨は吐いた。

「あっ、なにしてはりますのん。なかなか奥へ来てくれはれへんから、様子を見に来たら、男はん二人で顔突き合わせて……いやらしいわ」

待ちかねた咲江が店先まで出てきた。

「いやらしい……」

「勘弁してくれ、お嬢。吾は女好きだぞ」

亨と志村が間を空けた。

「さっさと行け、お嬢を宥めてこい」

志村が手を振った。

「宥める……難題を」

なんとも言えない顔をしながら、亨は声を落とした。

「三人、任せていいか」

「ああ、仕事だ。これも給金のうちよ」

やはり声を潜めた志村が応じた。


横に張りついて離れない咲江に引っ張られるようにして、亨は播磨屋伊右衛門のいる奥へと進んだ。

「ようこそのお見えで」

播磨屋伊右衛門がにこやかな顔で待っていた。

「すまぬ。つい、志村どのと話しこんでしまった」

「……結構でございます。志村さんと仲良くしていただくと助かります」

志村と話しこんだと言っただけで、播磨屋伊右衛門が理解したとうなずいた。

「さて、まずはこれを。お奉行より播磨屋どのへの書状でございまする」

亨は懐から書状を出した。

「拝見つかまつりまする」

押しいただいた播磨屋伊右衛門が、書状を読んだ。

「なるほど、町奉行所を二つに割られましたか。さすがでございますな」

読み終わった播磨屋伊右衛門が感心した。

「では、こちらからもお返事をさせていただきましょう。少し、失礼して認《したた》めて参りまする。咲江、城見さまのお相手を頼んだよ」

わざと咲江に任せると言って、播磨屋伊右衛門が中座した。

「城見はん、あれ以来ですやん。なかなか来てくれはれへんでしたなあ」

咲江が文句を付けてきた。

「いろいろと忙しかったのだ」

妻に責められた夫のような抗弁を亨はした。

「それでも顔くらい出しておくれやすな。怖かったのに」

不意に咲江がしおらしくなった。

「……それはっ」

歳若い娘が、己を攫うために殺し合いがおこったのを見たのだ。その恐怖はどれだけ大きいか。それに気が回っていなかったことに亨は愕然とした。

「……咲江どの」

亨がおずおずと手を伸ばし、咲江の肩に触れた。

「……城見はん」

ゆっくりと咲江が顔をあげた。

「…………」

二人の目が合った。

「少し早すぎましたかの」

そこへ播磨屋伊右衛門が戻ってきた。

「大叔父はん……」

「これは……」

咲江が播磨屋伊右衛門を睨み、亨は急いで手を引っこめた。

「すまん、すまん」

膨れて横を向いた咲江に詫びながら、播磨屋伊右衛門が部屋のなかへと入った。

「これをお奉行さまに」

「お預かりいたす」

どう考えても播磨屋伊右衛門のほうが人として上になるが、身分の差はこえられなかった。とくに主君への書状となれば、相応の形を取らなければならない。亨は武家としての立場で応じた。

「城見さま、お急ぎでございますか」

「書状はどうでござろう」

暇はあるかと訊かれた亨は、逆に書状の重要性を問うた。

「大事ございませぬ。緊急ならば、城見さまのお出でを待たずに、お奉行さまのもとへ人を出しておりまする」

急ぎの書状ではないと播磨屋伊右衛門が首を左右に振った。

「では、この後、さほどの用はございませぬ」

亨が答えた。

「よかった」

咲江が手を叩《たた》いて喜んだ。

「こら、はしたない」

播磨屋伊右衛門が咲江を軽く叱った。

「ええやんかあ、素直で」

咲江が言い返した。

「こんな娘でございますが、少しお相手を願えますか」

ため息を吐きながら、播磨屋伊右衛門が亨に願った。

「お大事な娘御でございましょうに、よろしいのか」

武家の娘は見合いの席が終わった後、まず嫁入りまで相手の顔を見ないのが慣例となっている。形だけの許嫁《いいなずけ》とはいえ、二人きりになるのはまずいのではないかと亨は気を遣った。

「もう、城見さまにもらっていただくしかありませんので」

播磨屋伊右衛門が苦笑した。

「そう、そう」

咲江がご機嫌で何度も首を縦に振った。

三

亨が奥に行くのを見送った志村は、播磨屋伊右衛門の店先から外を窺った。

「酒屋の暖簾は短いのがよくねえな。外からなかが丸見えだ」

志村が身を潜めながらぼやいた。

商品が商品だけに、店には絶えず酒の匂いがしている。これで長い暖簾を使えば、風通しが悪くなって、酒になれていない丁稚たちが体調を崩しかねないのだ。どことも酒屋の暖簾は軒先から一尺（約三十センチメートル）ほど垂れているだけだった。

「一人はあいつ、もう一人があそこの用心桶の陰、最後の一人は辻の角か」

一瞥《いちべつ》で志村は見張りの位置を確認した。

「一人、帯に十手を挟んでいるな。御用聞きのようだが、顔を見たことはねえな」

志村が素早く見て取った。

「このあたりの者じゃねえなら、遠慮は要らねえな」

御用聞きには縄張りがある。縄張りをこえて動くときには、あらかじめ挨拶をしておかなければ、もめごとになった。下手人の追捕などでやむを得ず越境したときでも、事後すみやかに報せをするのが決まりであった。

「…………」

他に怪しげな者がいないかどうかを見て取った志村が、播磨屋から出た。

「最初は、もっとも遠い野郎だ」

志村はほとんど播磨屋の正面でなかを覗《のぞ》きこんでいる男を無視した。

「…………」

ちらと目をやった男も、志村の手に一升徳利《どつくり》がぶら下がっているのを見て、客だと思ったのか、すぐに興味をなくした。

「三流以下じゃねえか。播磨屋の用心棒の顔さえ知らねえのか」

口のなかで志村があきれた。

「あいつもあれで隠れているつもりなんだろうな」

播磨屋の筋向かい、三軒隣になる店の用心桶の陰に屈みこんでいる男を志村が横目で見た。

「そこに隠れたければ、痩《や》せろ。腹が出てる」

笑いをこらえながら志村はもっとも遠い男のもとへ向かった。

「前の二人が見逃したからといって、おいらに注意さえしねえ。よくあれで御用聞きが務まることだ」

志村は嘲笑を浮かべながら、御用聞きのほうへと寄っていった。

「邪魔だ」

目の前に立ち塞《ふさ》がった志村に、御用聞きが手を横に振った。

「なにを言っている。ここは天下の往来日本橋だぞ。おいらはそこを歩いているだけだ。それを立ち止まっているおまえから邪魔扱いされる理由はない」

「ちっ……酔ってやがるのか。酒くせえ」

いかに通気がよいとはいえ、ずっと詰めていると酒の匂いが小袖に染みこむ。志村から酒の香りを嗅《か》いだ御用聞きが、顔をしかめた。

「酔っちゃ悪いのか。己の金で呑むのは勝手だろう」

志村は、酔っているとの勘違いを利用した。

「面倒な野郎だな。さっさと行け」

御用聞きがもう一度手を振った。

「行こうが、止まろうが、おいらの勝手だろう」

わざと志村は絡んだ。

「……いい加減にしねえか。御用の筋だぞ」

我慢できなくなった御用聞きが、帯に差していた十手を出した。

「ふん。よく恥ずかしげもなく、十手を出せるな。おめえたちが縄張りを守っていないことを江戸の町民はみんな知っているというに」

志村が鼻で笑った。

「てめえ……」

ようやく御用聞きが、志村の行為がわざとだと気付いた。

「こいつ、播磨屋の飼い犬か……おっ」

声をあげて仲間を呼ぼうとした御用聞きが崩れた。志村の当て身がしっかりと御用聞きの意識を奪っていた。

「こいつをなくしたとなったら、どうするんだろうな」

志村は落ちていた十手を拾いあげると、遠くへ投げ捨てた。

「さて、あと二人」

当て落とした御用聞きを放置して、志村は踵を返した。

半刻（約一時間）ほど咲江の相手をした亨は、播磨屋から北町奉行所へと帰った。

「待て」

役宅の内玄関の前に竹林一栄が立ち塞がっていた。

「……………」

応対せず、亨は竹林一栄の脇を通り過ぎようとした。

「待てと申しておる」

竹林一栄が亨の袖を摑んだ。

「無礼な」

袖を摑む、これはかなり無礼な対応であった。

「そなたが止まらぬからじゃ」

怒った亨に、竹林一栄が言い返した。

「何用か」

袖を放せと振りながら、亨が問うた。

「播磨屋へ行ってきたのだろう。なんの話をしてきた」

竹林一栄が亨の袖を摑んだままで訊いた。

「許嫁の実家に行ってなにをしてきたかを訊く。野次馬にもほどがあろう。品性を少し持て」

亨がさげすみの目で、竹林一栄を見つめた。

「きさまっ」

若い亨に馬鹿にされた竹林一栄の顔色が変わった。

「執務中に女のところへ出かけるなど、そちらこそ品性下劣ではないか」

「最近、連日勤めであったのでな、お奉行さまより格別のご配慮をいただいたのだ。お奉行さまに聞いてみるがいい」

「うっ……」

町奉行と内与力は主従関係になる。家臣としても、与力としても、曲淵甲斐守の指図には従わなければならない。つまり曲淵甲斐守が認めれば、休みをもらうこともできた。

「そんなことはどうでもいい。播磨屋伊右衛門となにを話した」

「なぜ、それをおぬしに言わねばならぬ」

「拙者は筆頭与力だ。内与力とはいえ、拙者の配下だ。配下のしたことを筆頭与力として知っておかねばならぬ」

強引な論理を竹林一栄が展開した。

「わかっていて言っているのか」

「なにがだ」

「町奉行所は町奉行の支配だ。つまり、すべては町奉行のもとへ集められねばならぬ。おぬしは、すべてをお奉行さまに報告しているのか」

「うっ」

あきれた顔で放たれた亨の言葉に、竹林一栄が詰まった。

「ぶ、奉行は多忙だ。町奉行所のすべてを持ちこまれても処理できぬ。些細《ささい》なことはこちらで片付ける。これこそ筆頭与力の任だ」

竹林一栄が言い放った。

「ほう、廻り方同心が縄張りに足を運ばなくなっているのも、些細なことだと」

「そうだ。同心はすべからく筆頭与力の拙者が指揮する。それをどう使うかは、拙者の裁量だ」

質問した亨に、竹林一栄が告げた。

「話にならぬ」

亨が強く袖を振って、竹林一栄の手を離した。

「待て」

背を向けた亨に、竹林一栄がもう一度制止をかけた。

「……今度は許さぬぞ」

亨が柄《つか》に手をかけて、竹林一栄を睨みつけた。

「……町奉行所のなかで抜刀する気か。そのようなまねをすれば、そなたは切腹だぞ」

一瞬怯《ひる》んだ竹林一栄が、反論した。

「だろうな。だが、その前に、おまえの命はない」

すっと亨が腰を落とした。

「だ、誰か……」

竹林一栄が悲鳴をあげた。

「このていどで人を呼ぶ。それでよく捕り物をする町奉行所の筆頭与力だと言えたものだ」

「…………」

嘲《あざけ》られた竹林一栄が黙った。

かつての由井正雪《ゆいしょうせつ》の乱のような大捕り物の折、吟味方は廻り方同心などを指揮して、臨場する。そのとき、率先して下手人に跳びかからずともよいが、後ろで腰を引いているようでは、示しが付かない。

町方同心は、皆、暴れた無頼などを取り押さえるため、武芸に通じている。それこそ白刃を抜いた浪人の一人や二人、軽くあしらえなければ、廻り方同心など務まらない。当然ではないが、与力にも相応の胆力は求められる。

それが若い内与力の迫力に助けを求めたとあれば、不細工に過ぎる。下手をすれば、与力としての権威に傷が付く。

「情けない」

亨は吐き捨てて、背を向けた。

「……若造が、筆頭与力をなんだと思っているのだ」

一人になった竹林一栄が真っ赤になった。

「なにかございましたか、筆頭」

そこへ町奉行所から同心たちが駆けつけてきた。

「なんでもないわ」

竹林一栄が不機嫌に否定した。

「であらばよろしゅうございますが……」

同心が竹林一栄の顔色を窺った。

「先ほど、神田駿河町、小川町、山谷《さんや》、鶯谷《うぐいすだに》、高輪からも申し入れがございました。今後のお出入りはご遠慮すると」

苦い顔で同心が報告した。

「なんだと……」

竹林一栄が絶句した。

「これで十をこえる町内が、金を出さないと通告して参ったことになりまする」

同心が泣きそうな顔をした。

「今まで守ってやった恩を忘れおって……」

「………」

怒る竹林一栄に、同心は沈黙を守った。

「どういたしましょう」

同心が問うた。

「廻り方を復活させてもよろしゅうございますか」

対応してもいいかと別の同心が訊いた。

「ならぬ。我らの策は、江戸の治安を悪化させ、町奉行の評判を落とし、幕閣から更迭されるのを狙っている。町人どもの脅しに屈し、もとに戻すなどしてみろ。我らは奉行の前に敗退したことになる」

竹林一栄が拒否した。

「ですが、このままでは……」

「廻り方の者だけでなく、他の同心も動揺しておりまして」

同心たちが訴えた。

「なぜ廻り方以外の同心が……そうか、いずれは己も廻り方へと考えているからか」

竹林一栄が苦い顔をした。

「抑えろ」

「わかってはおりますが……」

「まだやり始めて十日も経っていないのだぞ。一月やそこら耐えられるだろう。それくらい貯めこんでいるはずだ」

渋る同心に、竹林一栄が怒った。

「曲淵甲斐守が更迭されるまでの辛抱だ。それさえできれば、今の苦労は倍、いや三倍になって返ってくる」

「二倍、三倍に……」

竹林一栄の話に、同心が目を大きくした。

「町奉行といえども、町方役人に背かれれば痛い目を見る。そう前例を作るのだ。そうなれば、曲淵甲斐守以降の町奉行は、皆筆頭与力たる儂の言うとおりになる」

「筆頭与力さまの言うがまま」

「ああ、奉行はただの人形となる」

竹林一栄が強い口調で言った。

「それまでの我慢だ」

「一月待てばいい」

竹林一栄が口にしたたとえが、同心の理解で期限に変わった。

四

曲淵甲斐守は、播磨屋伊右衛門の書状を読んで、声を出さずに笑った。

「さすがは播磨屋だ」

「お奉行さま。なにが書かれておりました」

感嘆する曲淵甲斐守に、亨が伺った。

「ふむ。余と播磨屋だけが知っているよりもよいか」

曲淵甲斐守が亨を見てうなずいた。

「折角だ、おまえも聞いておくがいい。出てこい、江崎」

武者隠しに控えている隠密廻り同心江崎羊太郎を曲淵甲斐守は呼び出した。

「ごめんを」

部屋の押し入れに模した武者隠しから、江崎羊太郎が姿を見せた。

「では、教えてくれよう。播磨屋が口火を切ってな、町方へ払っていた合力金を止めたのだ」

「金を止めた……」

「………」

意味が摑めずきょとんとした亨に比して、江崎羊太郎の反応はすさまじかった。

大きく息を吸った江崎羊太郎が、呆然とした。

「さすがは町方の血だな。この意味がわかったようだ」

曲淵甲斐守が江崎羊太郎を見た。

「お、お奉行さま、い、今のお話はまことのことで」

江崎羊太郎が震えながら確認した。

「うむ。そろそろ各町内からの決別が、同心どものところに届いているころだろう」

曲淵甲斐守が口の端をつりあげた。

「町方が潰れる……」

江崎羊太郎が愕然とした。

「潰れる……そこまでのことか」

亨が江崎羊太郎の態度に、怪訝な顔をした。

「食べていけなくなりまする」

隠密廻り同心になる者は、そのほとんどが定町廻り、臨時廻りのどちらか、あるいは両方を経験している。

江崎羊太郎はその両方を経験していた。

「禄まで取りあげられるのでございますか」

今度は曲淵甲斐守に亨が訊いた。

「いいや、商人からもらっていた合力金がなくなるだけで、本禄に変化はない」

曲淵甲斐守が答えた。

「内与力さま」

江崎羊太郎が亨を見つめた。

「他の同心は別にして、廻り方同心、とくに御用聞きを抱える定町廻り、臨時廻りは、いろいろな金が要りますので、とても三十俵二人扶持ではやっていけませぬ」

「入り用の金は町奉行所から出るのでは」

「出ませぬ。町奉行所はそこまで面倒を見てくれませぬ」

二度、江崎羊太郎が否定した。

「……亨、左中居を呼んでこい」

そこまで聞いていた曲淵甲斐守が亨に指図した。

「ただちに」

亨が立ちあがった。

「……まもなく参りまする」

隣の町奉行所まで往復した亨が報告した。

「それまで静かにしておれ」

曲淵甲斐守が溜まっている書付へと注意を移した。

「…………」

主君が執務に入ったら、その助けをするのが家臣である。助けができないときは、少なくとも邪魔をしない。亨は沈黙した。

「…………」

同じく江崎羊太郎も黙っていたが、その目はあてどなくさまようようであり、まだ動揺から立ち直っていないようであった。

「お待たせをいたしましてございまする」

しばらくして北町奉行所年番方与力左中居作吾が現れた。

「うむ。忙しいところを呼び出した」

謝罪ではない言葉で、曲淵甲斐守が左中居をねぎらった。

「さて、そなたは存じておろう」

なにがとは言わず、曲淵甲斐守が左中居作吾へと問うた。

「合力金のことでございますか」

すぐに左中居作吾が応じた。

「詳細はわたくしのところまで来てはおりませぬが、すでに二十町ほど申し入れしてきたとのことでございまする」

「二十町……」

聞いた江崎羊太郎が絶句した。

江戸は八百八町とたとえられるほど、町が多い。もちろん、これは比喩であるが、それでも二十町は大きい。

「日本橋、浅草、神田付近など商家の多いところは、ほとんど入っているようで」

左中居作吾が続けた。

「そうか」

曲淵甲斐守が首肯した。

「ところで、奉行所から定町廻りや臨時廻りへの手当は出ておらぬのか。聞けば、御用聞きなどへの褒賞金は自前だというが」

「はい。それにかんしては、定町廻りになったとき、本禄の扶持を増やすことで対応いたしておりまする」

曲淵甲斐守の質問に、左中居作吾が説明した。

「ほう、どのくらいだ。五人扶持くらいかの」

「そこまでは手厚くできませぬ。せいぜい一人扶持から二人扶持でございまする」

「一人扶持ということは、年にして五石、手取りならば二石になるな。金にして二両。それでやっていけるとは、御用聞きとは安いものだな」

「……………」

皮肉られた左中居作吾が口をつぐんだ。

「では、もう一つ訊こうか。町奉行所には御上から、一年二千両の金が出されているな」

「はい」

曲淵甲斐守の言葉を左中居作吾が認めた。

「そこから手当を出してやればよかろう。定町廻り、臨時廻り、隠密廻りを合わせても、北町奉行所に廻り方同心は九名しかおらぬ。吟味方の与力、同心を合わせても十五名ほどじゃ。一人につき御用聞き手当として五両やっても七十五両、多めに見積もって百両あれば足りる」

「御言葉ではございますが、御上からお預かりしている金は、町奉行所を維持するためのものでございまする」

左中居作吾が反論した。

「維持とはどこまでを言う」

曲淵甲斐守が詳細を求めた。

「建物の手入れに伴う費用、お奉行が飲まれるものを始めとして、我らが飲用するお茶、炭、灯油、蠟燭《ろうそく》、紙、墨、筆などの購入費用、そして最大のものが、奉行所で使用しておりまする小者たちの手当でございまする。他にも遠出する者に渡す旅費、捕り物道具などの破損修理、新調など、あらゆるものにわたりまする」

左中居作吾が語った。

「足りるのか」

「なんとか切り詰めておりますれば」

ぎりぎりだと左中居作吾が返した。

「……手当は出ぬか」

もう一度曲淵甲斐守が尋ねた。

「出せぬわけではございませぬが……」

左中居作吾が二の足を踏んだ。

「理由を申せ」

曲淵甲斐守が命じた。

「……それは」

ちらと江崎羊太郎を見た左中居作吾が、あきらめたような顔をした。

「不公平だという声が出まする」

「なにが不公平だと言うのだ」

理由を曲淵甲斐守が尋ねた。

「手当の金を出すならば、扶持米の増加は不要になりまする。しかし、これは奉行所ができたころからの慣例で、今更取りやめるのも難しゅうございます。なにより、手当金を出すとして、今、扶持の多い者にそれを減らすぞと言えば、反発が出ましょう」

「なるほどな。人は手にした特権を失いたくはない」

左中居作吾の話に、曲淵甲斐守が同意した。

「かといって、その者には手当金を出さぬとは言えませぬ。手当金の名目は御用聞きを抱えるための弁済でございますれば、扶持の多寡に左右させるのは、なにかと問題が」

役所の扱いというのは、妙なところで横一線にしたがる。左中居作吾の言いぶんは、役人独自のものであったが、無視しにくいものであった。

「そしてなによりの理由は、御用聞きへの手当が認められぬところにございましょう」

「…………」

左中居作吾の言葉に、曲淵甲斐守が頬をゆがめた。

「認められぬとは……」

亨が首をかしげた。

「勘定奉行だ」

曲淵甲斐守が口にした。

「さようでござる。町奉行所に与えられる年二千両の金、その使い道を勘定方が精査、正確には勘定吟味役でござるがの」

少し詳しく左中居作吾が亨へ教えた。

「入り用なものでござろう」

亨が認められるべきではないかと言った。

「我らは御用聞きの有用性を理解している。いや、御用聞きがいなければ、江戸の治安は保てないとわかっている。だが、勘定方は違う。なにより御用聞きは、弊害が多いと御上から禁止が出されている」

左中居作吾が嘆息した。

御用聞きは町内で隠然たる勢力を持つ。なにせ御上から十手を預けられているという大義名分があるのだ。

また、犯罪を取り仕切るには、闇に通じておらねばならないため、わかっていながら博徒の親分を雇ったりもしている。

そうなれば、御用の筋だと適当に人を番屋へ連れこみ賄賂を渡すまで帰さないとか、飲み食いをして金を払わない、あらためると称して女を裸にするなど、碌《ろく》でもない行為をする者が出てくる。

幕府も御用聞きの効用はわかっているが、あまりに目に付くことが多く、何度も禁止令を出した。しかし、そうなれば御用聞きだった者が罪を犯したり、下手人を逃がしたりするなど、より治安の悪化を招き、やむなく同心が個人で雇い入れているという形で黙認しているのだ。それに公金を手当として遣うなど、できるはずもなかった。

「算盤《そろばん》だけで実状を知らぬ者が……」

曲淵甲斐守が不満を漏らした。

「……………」

幕政批判とも取られかねない。亨も左中居作吾も江崎羊太郎も聞こえなかった振りをした。

「裏金はどうしておる」

「……雇い入れている小者の数、炭などの消耗品の節約で生み出しておりまする」

一瞬だけ躊躇した左中居作吾だったが、素直に告げた。

「そのなかから捻出はできぬか」

「難しゅうございまする。裏金といったところで、年に百両もございませぬ」

あきらめたように左中居作吾があきらかにした。

「それを全部出せとは言えぬな。それでは、なにかあったときの見舞い金がなくなってしまう」

「ご賢察でございまする」

小さく首を振った曲淵甲斐守に、左中居作吾が感謝の意を見せた。

見舞い金とは、捕り物やその他、任の最中に怪我をしたり死んだりする者に支給される。与力や同心は、まだ本禄があるからいいが、捕り方として出ていく小者たちには、なんの保障もないのだ。浪人が刀を振るって暴れているなどを取り押さえに行って、怪我をする者は意外に多い。ちょっとした怪我ならば、町奉行所とつきあいのある医者が治療をしてくれるが、大怪我や致命傷となるとどうしようもないのだ。

もちろん、御上からも見舞い金は出るが、雀の涙どころの話ではない。そういった規定は、いまだに徳川家康が幕府を開いたころの金額のままで、物価の上昇などを考慮に入れていない。怪我をして百疋、白絹二反分、金にして一貫文しか出さない。一貫文は銭一千文と、幕初で一分、今なら三朱ていどである。

これではとても後の生活など無理であった。

御上のためだ、誇りに思えでは、なり手がいなくなる。

捕まれば苛烈な拷問を受けた後、牢へ送られ、生涯帰ってこられない島流しに遭うか、首と胴が泣き別れになるのだ。

捕り物の最前線に出される小者は、まさに命がけであった。

「それは手厚くしてやらねばならぬ」

曲淵甲斐守が納得した。

「承知した。奉行所の掛かりについては、今まで通りそなたに一任する」

「かたじけなき仰せ」

二千両の差配を続けられる。これは年番方が町奉行所を仕切れと言われたにひとしい。左中居作吾が頭を下げた。

「その代わり、今回の合力金の一件は、余が采配する。そなたたちは見ているだけにいたせ」

「承知いたしましてございまする」

口出しをしたり、裏で竹林一栄と組んだりするなと釘を刺した曲淵甲斐守に、左中居作吾が平伏した。

五

同心控え室へ急いだ竹林一栄は、その緊迫した雰囲気に一瞬呆然とした。

「…………」

「筆頭さま、いかがなさいました」

ものも言わず固まった竹林一栄を、筆頭同心が気遣った。

「あ、ああ。大事ない」

声をかけられて竹林一栄がようやく我に返った。

「どうなっている」

竹林一栄が筆頭同心に状況を尋ねた。

「さきほどの報告は……」

「神田駿河町、小川町らの造反ならば聞いた」

確認してきた筆頭同心に、竹林一栄がうなずいた。

「それくらいならば、どうということはなかろう。後日、痛い目を見せてやれば、今まで以上の金を積んで詫びてこよう」

竹林一栄がたいしたことではないと手を振ってみせた。

町方役人の嫌がらせはかなりの効果を生んだ。なにせ、そういった嫌がらせを取り締まる側がするのだ。訴え出たところで、誰も止めには来てくれないどころか、より酷くなる。

店から出てきた客一人一人を、十手持ちが呼び止めてなにを買ったかをあらためるだけでいい。御法度なものを売り買いしているのではないかとの疑いがあって、調べていると言われれば、拒めない。もちろん、なにも出てこないが、買いものに行くたびに、それをされてはたまらない。どれほどのなじみ客でも、足が遠のいてしまう。

売りあげが落ちれば、店はやっていけなくなる。店を移動したところで、江戸のなかならば、すべて町奉行所の管轄であり、行方を調べるなど造作もない。町方ともめた商家には、店を潰して江戸を去るか、膝を屈してその支配を受け入れるかのどちらかしかなかった。

竹林一栄の言葉は、嘘ではなかった。

「それが……」

筆頭同心が口ごもった。

「申せ。なにがあった」

竹林一栄が命じた。

「先ほど、四谷と赤坂からも……」

「なんだと」

言いにくそうな筆頭同心の口から出た町名に、竹林一栄が目を大きくした。

「とうとうお城をこえた反対側にも影響が」

筆頭同心が肩を落とした。

「播磨屋の影響力は大きいが、そこまで届くとは思えぬ。となれば……」

小さく竹林一栄も震えた。

今回の合力金不払い騒動の発端が、播磨屋伊右衛門だと竹林一栄たちは気づいていた。端《はな》から、播磨屋伊右衛門と敵対するとわかっていながら、咲江を誘拐しようとしたのは、竹林一栄なのだ。

日本橋と播磨屋伊右衛門の名前が通じる近隣の町内は、一つになって反発してくるだろうなと予測はしていた。しかし、江戸城を挟んで反対側にまで及ぶとは考えていなかった。

たしかに播磨屋は灘《なだ》の清酒を江戸で販売する最大手と言える。しかし、江戸は町内で買いものなどをすませる慣習の強いところであり、播磨屋の販路は広くても、日本橋を中心にした周囲十町ていどでしかない。

町方への反発を播磨屋伊右衛門が煽っても、それに応じるのは十町から、多くて十五町ていどで終わると、竹林一栄らは読んでいた。

そして、その反発も曲淵甲斐守が奉行でなくなれば崩壊し、合力金を出し渋った連中はすぐに詫びてくると、たかをくくっていた。

だが、事態は竹林一栄たちの予想を裏切った。

「なぜだ。どうした。播磨屋がそこまでの力を持っていたのか」

竹林一栄が喚《わめ》いた。

「ごめんを」

同心溜《だまり》は、奉行所の玄関を入ってすぐ右にある。門番さえ止めなければ、玄関などを経由せずに、誰でも入れた。

「誰だ……おう、青山の西中屋ではないか。どうした」

入り口近くに座らされ、来客の応対をさせられている若い同心見習が、入ってきた商人の顔を見て問いかけた。

「三井さまはどちらに」

西中屋と呼ばれた商人が、担当の定町廻り同心を探した。

「おう、ここだ、ここだ」

三井が手をあげた。

「やはりおられましたか。おや、坂田さまもおられる。まだ日暮れには間があるというに」

顔見知りの定町廻り同心をついでに見つけた西中屋が嘆息した。

「なんだ、西中屋。困りごとでもおきたか。悪いがな、今はお奉行さまのかかわりでな、手助けに行ってやれぬ。苦情はお奉行さまへ直接言うてくれ」

立ちあがろうともせず、三井が手を振った。

「さようでございますか。結構でございまする。もう、三井さまを頼るつもりはございません」

はっきりと西中屋が宣した。

「おい、それは……」

ようやく三井が顔色を変えた。

「今後は、当家へお出入りくださるのはご遠慮いただきますよう。これはわたくしだけではございませぬ。井筒屋さん、東屋さん、駿河屋さん、奥州屋さんも同じでございまする。では、ごめんを」

言い捨てて西中屋が背を向けた。

「待て、西中屋」

「どちらさまで」

制止した竹林一栄に、西中屋が冷たい目を向けた。

「北町奉行所筆頭与力の竹林だ」

「筆頭与力さまが、わたくしに何用でございましょう」

名乗った竹林一栄に西中屋が怪訝な顔をした。

「そなた播磨屋と繋がっておるか」

「播磨屋さん……どちらの」

商家の名前は国名を冠することが多く、六十ほどしかないためによく被った。

「日本橋の酒問屋の播磨屋だ」

「その播磨屋さんならば、お名前くらいは。お取引はございませんので、お顔も存じません。それがなにか」

もう一度西中屋が首をかしげた。

「播磨屋を知らぬのに、なぜ、合力を断る」

竹林一栄が険しい声で詰問した。

「何日、見廻りにお見えでないとお思いで。町方のお役人が来られないと知った地回りが、最近好きに暴れおり、何度も自身番を通じてお出ましをお願いいたしましたのに、なしのつぶて。聞けば町奉行さまと対立して、お仕事を放棄されているとか。今まで何百両というお金をお渡ししてきただけに、それはなかろうと思いましたが、来てみて嘘でないとわかりました。普段ならば、この刻限ならまだ縄張りを見廻っておられるはず。それが、お休みになっておられるばかりか、求めにも応じてもらえない。これでまだ金を払うようでは、ただの馬鹿でございましょう」

西中屋が怒りを抑えて語った。

「むうう」

竹林一栄が唸った。

「もうよろしゅうございますか」

帰ると西中屋が告げた。

「待て、合力を止めると二度と我らの傘を、そなたに差し掛けてはやらぬぞ」

「雨さえ防げないような、破れ傘なんぞ、こちらから御免こうむりまする」

竹林一栄の脅しを、西中屋は一蹴《いっしゅう》した。

「きさまっ……」

竹林一栄が憤慨したが、やっているのは己たちのほうなのだ。それ以上どうすることもできなかった。

「筆頭さま」

顔色をなくした三井が近づいてきた。

「このままでは、すべての町人から見捨てられてしまいまする。もう、お止めくださいませ」

筆頭同心も泣きそうな顔をしていた。

「大丈夫だ。今だけの辛抱ぞ。それに商家は金をくれなくとも、大名家がある」

出入り金、合力金、言いかたはいくつもあるが、そのじつはなにかあったときによろしく頼むという賂のようなものだ。江戸の庶民と藩士との間でもめ事がおこったとき、表沙汰にならないよう、大名が町奉行所へ気遣いを求める対価として、節季ごとに金をくれていた。

「大名と商人では数が違いまする。とてもそれだけではやっていけませぬ」

筆頭同心が否定した。

百万石の加賀藩前田家でも、節季ごとにくれるのは五十両ほどだ。それを南北、さらに火付け盗賊改め方で分配するため、北町奉行所に振られるのは十両ほどでしかない。数万石ていどの小藩ともなると、手元不如意として金の代わりに国元の名産ですませるところも多い。

「…………」

竹林一栄が黙りこんだ。

「筆頭さま、お考え直しを」

「なにとぞ」

同心たちが詰め寄った。

「……これというのも、播磨屋が悪い」

迫られた竹林一栄が責任を転嫁した。

「あやつさえ、おとなしくしておれば、儂の考え通りに進んだはずだ」

「……筆頭さま」

筆頭同心が竹林一栄の様子に、表情を変えた。

「御用聞きどもを出せ」

「なにをなさいまするや」

竹林一栄の命に、筆頭同心が不安そうな顔をした。

「十名ほどでいい。播磨屋の店先にたむろさせよ。播磨屋へ寄る者を調べさせろ。理由は何でもよい」

「無茶なことを。播磨屋といえば、御三家にも酒を納めている豪商でございまする。そのようなまねをしては、かえってこちらがよろしくなくなりましょう」

筆頭同心が竹林一栄を止めた。

「それでいいのだ。播磨屋が御三家へ泣きつくように仕向けろ。さすれば御三家から叱責《しっせき》されるのは曲淵甲斐守だ。御三家にたしなめられれば、配下さえ満足に抑えられないのかとご老中方も、曲淵甲斐守を見捨てられよう。どうだ、これで」

竹林一栄が名案だろうと、一同を見回した。

「…………」

誰もが目を逸らした。

「ならば、他の案を出せ。代案もなく、儂の考えを否定するような奴は、役立たず以上の害悪ぞ」

「…………」

竹林一栄が非難の目を向けてくる同心たちを怒鳴りつけた。

発言はなかった。

「ないならば、従え。嫌ならば、廻り方を辞めさせてくれる」

「……承知」

「わかりましてござる」

強硬な指図をする竹林一栄に、同心たちが渋々腰をあげた。

第四章　噛み合い

一

　曲淵甲斐守の警固を隠密廻り同心江崎羊太郎が担当し、来客との対応を担当する内与力代わりの家臣が役宅へ詰めるようになって、亨の仕事は激減した。

「前も申したであろう。そなたは播磨屋とその手の者たる無頼どもとの繋ぎをしておけ。今は、それがもっとも重要な任である」

　なにをすればいいかと問うた亨に、曲淵甲斐守が手を振ってさっさと行けと命じた。

「はっ」

　内与力としては上司、家臣としては主君、どちらの立場からでも亨に否やは言えない。すぐに亨は町奉行所を出た。

「よくもまあ、飽きもせず」

常盤橋《ときわばし》御門を出たところで、亨は後を付けてきている者を視認した。

「己で動け」

どう見ても同心ではなく、御用聞きか下っ引きといった風体の尾行者に、亨はため息を吐いた。

「他人を使うことに慣れすぎるから、町屋の人々との距離が空く。町屋の人々が今回の騒動をどう見ているかを考えもしていないのだろうな」

亨は同心たちの情けなさにあきれていた。

「まあいい。いずれの世も努力せぬ者は淘汰《とうた》されるのが摂理」

自らを戒める意味でも亨は、わざと口にした。

内与力に抜擢されるほど信頼されていながら、直臣扱いを受け、町方役人から仲間として金をもらったことで、曲淵家の臣という根本を忘れた山上らの姿は、亨にとって大きな教訓となっていた。

武家というのは厳しい。とくに絶対の忠義を捧げなければならない主君を裏切った者の末路は哀れであった。

まず放逐され、浪人になる。そして、再仕官はまず望めない。そうでなくとも、世は泰平で武士は無用の長物と化している。どこの大名、旗本も人減らしに躍起なのだ。

とはいえ、稀《まれ》には募集もある。将軍家の気に入りとなって、大幅な加増を受けたりしたときだ。あまり厳格に守られなくなったとはいえ、武家には軍役というものがあり、一定以上の家臣を抱えなければならない。大幅な加増や、別家を立てるなどしたとき、どうしても人手が足りなくなる。

滅多にないことだが、仕官の機はある。しかし、主君から放逐された山上らに、その好機は訪れない。新たな家臣を求める家では、仕官させるについては十分な調査をする。新たに抱えた家臣が、じつは国元で人を殺して江戸へ逃げてきた者だったとかすれば、大事になる。だからといって、一々相手の生国まで調べに行く手間などかけてはいられない。そこで、家臣を募集する大名や旗本は、前の奉公先からの添え書きを要求するのだ。

どうして前の奉公先を退身することになったかという、理由がそこには書かれている。たとえば、何年かかるかわからない武者修行のために禄を離れたとかであれば、なんの問題もなく雇い入れられる。

その添え書きが、山上らには与えられない。いや、書いてもいいが、悪口にしかならない。主君を裏切って金に転んだとか書いてある者を、雇い入れる大名や旗本などいない。

旗本の家臣で、せいぜい五十石に満たない小禄だったとしても、喰うには困らなかったし、子供に代を譲ることもできた。それさえ奪われて、山上らは浪人になった。その末路がどれだけ悲惨なものかは、想像に難くなかった。

「御用聞きの旦那たる同心たちも、己らは放逐されないと信じているのだろうな」

亨は小さく頭を振った。

「お邪魔をする」

「よう」

播磨屋の暖簾を潜った亨を志村が出迎えた。

「また付いてきているようだな。人気者でうらやましいぞ」

「こっちが頼んだわけでもないのだが」

笑った志村に亨が苦笑した。

「そういえば、先日の三人はどうなった」

「あばらを二、三本、折るだけで勘弁してやった」

「勘弁したと言えるのか、それは」

手加減したという志村を、亨は冷たい目で見た。

「闇の仕切りだと、今ごろ品川の海で魚に突《つっ》かれている」

「一応、拙者も町奉行所の役人なんだが」

堂々と殺していると告げた志村に、亨はため息を吐いた。

「ばれなきゃ、罪じゃねえ」

「返事のしにくいことを」

亨は志村の態度にあきれた。

「奥へ行かなきゃいけないんだろう。こんなところで油を売っていては、お嬢がおかんむりになるぞ」

さっさとあがれと志村が急かした。

「わかっている」

亨もようやく咲江の取り扱いになれてきた。咲江はないがしろにされるのを嫌う。いや、もっとも重要な相手として扱われることを好む。

「大変で」

そこへ池端の使いとなった配下が駆けこんできた。

「多の字じゃねえか。なにがあった」

すっと志村の雰囲気が緊張したものに変わった。

「羽田の屋敷から陰蔵が出た」

「なんだと。どっちだ」

志村が多の字と呼んだ男に迫った。

「品川へ向けて走りやした」

「わかった。大木戸だな。多の字、おめえは旦那に伝えてから来い」

聞いた志村が、多の字に報告を任せ、店を飛び出した。

「陰蔵だと。待ってくれ、志村」

亨の耳にも話は届いている。亨も志村に続いた。

日本橋は東海道の起点になる。江戸と京都を結ぶ五街道一の東海道は道幅も広く、軍勢が移動しても問題ないように整備されている。走るにはなんの苦労もなかった。

「追いつけるのか」

志村の隣に並んで走りながら、亨が問うた。

羽田の屋敷から出たのを確認して、日本橋まで報せに来たのだ。当然ながら初動が後手に回っている。

「大事ねえ。播磨屋の旦那が、お嬢を狙われてどれだけ怒ったと思う。金を湯水のように使って人を集め、江戸から出る四宿に網を張っている」

高輪の大木戸に播磨屋伊右衛門の手の者が待機していると志村が答えた。

「足留めしてくれるのか」

「ああ。人数も十分なうえ、かなりの遣い手もいる。たかが無頼の五人や十人で突破できるほど柔じゃねえはずだ」

少し安堵した亨に、志村がうなずいた。

「……見えてきたぞ」

志村が正面を指さした。

「たしかに、人がたかっているな」

亨も状況を把握した。

「殺すなよ。生き証人だ」

「……面倒だが、そう言われたらしかたねえ」

釘を刺された志村が口の端をゆがめた。

「手足の一本くらいならいいだろう」

「……返答できないと言っただろうが」

亨が盛大にため息を吐いた。

「冗談だ。あのていどの輩《やから》、刀なんぞ抜かずとも十分だ。先に行く」

志村が足に力を入れた。

高輪の大木戸は、東海道を封鎖するために立てられている。と言ったところで、道幅一杯の木戸でしかなく、道を外れて迂回するか、山手の大名屋敷や寺の並んだところを通れば、邪魔されずにすむ。

しかし、それだと手間がかかるうえ、山手は町奉行所の管轄になる。屋敷ばかりで見通しが悪い。なんとかして江戸からさっさと逃げ出したいと考えている者は、少しでも早く品川へ抜けようとして、高輪の大木戸を潜った。

高輪の大木戸は、両脇を石垣で固めた間の四間（約七・二メートル）を防ぐように作られ、明け六つ（夜明け）から暮れ六つ（日暮れ）まで開かれた。

もっとも世は泰平で、西から江戸へ攻め上ってくる外様大名もない。また、品川が江戸の歓楽街としての地位を確立するにつれ、夜間の通行を要望する者も多くなり、大木戸は取り除かれ、今では両脇の石垣だけが残されていた。

とはいえ、わずか四間を封鎖すれば、出入りできなくなる。少ない人数でも十分な効果があり、播磨屋伊右衛門の手の者は、陰蔵と巳吉、その見送りとして出された施兵衛の配下たちを見事に押しとどめていた。

「てめえら、さっさとどきやがれ」

巳吉が匕首を抜いて、道を塞いでいる播磨屋伊右衛門の配下たちを脅した。

「…………」

それに播磨屋伊右衛門の配下たちは応じず、無言で封鎖を続けていた。

「かまわねえ。巳吉、やってしまえ。ここは大木戸の内、町奉行所の管轄だ。何人殺しても、木戸を出てしまえば逃げきれる」

　陰蔵が指図した。

「へい」

　巳吉が匕首を逆手に持ち替えた。

「くたばれっ」

　身体ごとぶつかっていく。その勢いで匕首を相手の腹に刺し、えぐって傷口を開かせて対抗する力を奪う。

　無頼の戦い方は、いつも同じであった。

「下がってろ」

　東海道の中央で立ち塞がっていた浪人が、他の配下たちを一歩下げた。

「くたばれっ」

　最初にもっとも強そうな奴を倒す。こうすれば残った連中は、敵わないと意気消沈して逃げ出す。

　無頼の常套《じょうとう》手段として、巳吉は浪人に向かった。

「……馬鹿か」

素早く太刀を抜いた浪人が、突っこんでくる巳吉の顔目がけて切っ先をあげた。

「あっ」

目の前に切っ先が来た巳吉がたたらを踏んで止まった。

「長さを考えろ。太刀と匕首だぞ」

浪人があきれた。

「馬鹿野郎、刃の下を潜れ」

止まった巳吉に陰蔵が助言をした。

「へ、へい」

巳吉が一歩下がって、もう一度突っこもうとした。

「てめえらもなにをしている。浪人は巳吉に任せて、他の連中を排除しねえか」

陰蔵が施兵衛の手下たちを怒鳴りつけた。

「おいらたちの仕事は、高輪の大木戸までだ」

手下が拒んだ。

「高輪の大木戸を出るまでだろうが」

陰蔵が違うと叫んだ。

「どうする」

「親分には、高輪の大木戸を出るまで見てこいと言われたな」

　手下たちが顔を見合わせた。

「出られませんでしたと帰ってこられても困るぞ」

「しかたねえ。出るのだけ手伝ってやるか。ほんの三間（約五・四メートル）ほどのことだ」

「だが、親分でもねえ野郎のために怪我をするのも、相手をやるのも嫌だからな、そのあたりは適当にだ」

　話し合いが終わった。

「やる気か」

　播磨屋伊右衛門の配下たちが、近づいてきた施兵衛の手下たちに向かって身構えた。

「なあ、ちょいと通してやってくれよ。おめえさんたちがどこに頼まれているかは知らねえが、こんなところで怪我をしてもつまらねえだろう。この二人には二度と江戸の土を踏ませねえからよ」

施兵衛の手下を代表して、歳嵩の無頼が交渉を持ちかけた。

「だったら、そっちこそ引きな。こいつは播磨屋さんを怒らせたんだ。逃がすわけにはいかねえ。心配しなくとも、こいつらは二度と江戸の土を踏めないどころか、娑婆《しゃば》に出てくることさえかなわねえ」

播磨屋伊右衛門の配下を束ねている男が返した。

「悪いが、こっちも親分に言われているんだ。そうですかと帰ってみろ、子供の使いかと叱られる」

歳嵩の無頼が引っこめないと拒否した。

「しかたねえな。おい、殺すなよ。大木戸内は面倒になる」

配下を束ねている男が仲間に指示した。

「こっちもわかっているな。刃物は出すなよ」

歳嵩の無頼も合わせた。

「行くぜ」

「どきやがれ」

施兵衛の手下が、素手で殴りかかった。

「来いや」

播磨屋伊右衛門の配下たちが対応した。

「……わあああ」

巳吉が匕首を両手で摑んで、腰を落とし低い姿勢で突っこんだ。

「はあ、なにをしてるかの」

息を吐きながら、浪人が太刀を振りあげて落とした。

「ぎゃっ」

白刃の下をかい潜ろうとした巳吉は、浪人の一撃を脳天に喰らって昏倒《こんとう》した。

「まったく、峰を返していなければ、幹竹割《からたけわり》だぞ」

浪人が安堵のため息を吐いた。

「殺しちゃいないだろうな」

そこへ志村と亨が走り寄った。

「志村どのか。大丈夫だ、斬ってはおらぬ」

浪人が手をあげた。

「ちっ、役人か」

亭の風体は浪人ではなく、紋付き袴《はかま》を身につけている。陰蔵が、亭を町方役人だと見抜いた。


「捕まってたまるか」

陰蔵が、巳吉を見捨てて逃げ出そうとした。

「この木戸さえこえれば……」

巳吉を倒して油断していた浪人の隣を、陰蔵が駆け抜けた。

「あっ」

浪人が手を伸ばしたが、わずかに届かなかった。

「おいっ、木戸をこえたぞ」

それを見た施兵衛の配下が、石垣の間を潜り抜けた陰蔵を見た。

「お役ご免だな」

「そうだ、そうだ」

たちまち施兵衛の手下たちが、力を抜いた。

「帰るぞ」

さっさと施兵衛の手下たちが踵を返した。

「えっ」

「なんだ」

変わり身の早さに、播磨屋伊右衛門の配下たちが啞然とした。

「無念」

町奉行所の内与力である亨は、大木戸をこえての権限を有していない。ここからは品川代官の所管になる。捕り物の続きをするならば、まず品川代官へ曲淵甲斐守から申し入れをしてもらい、許可を得てからでないと面倒なことになる。

「ざまあみやがれっ。捕まえられるものならば捕まえてみやがれ」

大木戸をこえた陰蔵が振り向いて、凱歌《がいか》をあげた。

「ならば……」

志村があっという間に陰蔵に近づき、あっさりと取り押さえた。

「てめえ、なにをしやがる。ここはもう品川だぞ。町奉行所は手出しができない決まりだろうが」

陰蔵が文句を言った。

「それがどうした。拙者はただの浪人だぞ。町奉行所とはなんのかかわりもない」

手早く陰蔵の両手をねじあげ、抵抗できないようにした志村が告げた。

「えっ……」

今度は陰蔵が間の抜けた顔をした。

「おいらは播磨屋に雇われている。大木戸なんぞ、気にもしちゃいねえよ」

「馬鹿な……」

陰蔵が唖然とした。

「観念することだ。言いたいことがあるなら、播磨屋に投げてくれ。おいらになにを言われても、こっちは金で飼われている身だからな。逃がしてやるなんぞできやしねえ」

淡々と志村が述べた。

「くそっ」

陰蔵がうなだれた。

二

北町奉行所定町廻り同心の石原は、筆頭与力竹林一栄の指示に積極的な対応を取った廻り方同心を避けて、勧誘をしていた。

「今なら、まだ間に合うぞ」

石原の勧めに、ほとんどの同心が二の足を踏んだ。

「むうう。わかってはおるのだがな、筆頭与力さまに逆らうのはなあ」

町奉行所の上下関係は厳しい。与力が白いと言えば、烏《からす》も白くなる。それが町奉行所であった。

「子々孫々、本禄だけでやっていけるのだな」

「大げさなことを言うな。商人どもなど、すぐにすり寄ってくる」

石原の言葉を脅しと取った同心が手を振った。

「商人を切ったのはこっちなんだぞ。復縁を願うならば、こちらから辞を低くしていかねばならぬ」

「御上にあやつらが、逆らえるものか」

一向に石原の忠告を聞こうとはしない。

「それより、おぬしこそよいのか。筆頭さまに反対するようなまねをして。越年を拒まれたら、同心の身分さえ失うことになるぞ」

逆に石原を諭す次第であった。

「そうか、やむを得ぬ」

石原もあきらめた。

「一度、自身番を見てこい。それくらいならばよかろう」

「それくらいならな」

最後の助言に、何人かの同心がうなずいて、町奉行所を出ていった。

「どうだ、大事ないか」

いつもの調子で、縄張りの自身番に声をかけた同心だったが、反応はなかった。

「おい、聞こえないのか」

自身番のなかにいる番太へ、同心がもう一度呼びかけた。

「そこで立ち止まられると、邪魔で」

番太が冷たい声で言った。

「な、おまえ誰にものを言っている」

「…………」

番太がふたたび無視の姿勢に入った。

「てめえ、家主に文句を付けて首にしてやる」

同心が怒って歩き出した。

番太は町内が雇う。定町廻り同心といえども、勝手になにかすることはできなかった。

「いるけえ」

同心が家主のもとを訪れた。

「これはお珍しい」

家主はそのほとんどが町内を代表する商家である。同心を最初に迎えたのは番頭であった。

「ちいと話がある。呼んでくれねえか」

同心が家主との面会を求めた。

「しばし、お待ちを」

番頭が奥へ行き、すぐに戻ってきた。

「お目にかかるそうでございます」

「そうかい、すまねえな。あげてもらうぜ」

番頭の返事に、いつものように同心が奥へ通ろうとした。

「ご遠慮をください。まもなく、主が参りますので」

「なんだと。おいらを店先であしらおうという気か」

邪魔をした番頭に、同心が険しい声を出した。

どこの商家でもそうだが、合力金を渡している出入り先の同心が来たら、奥へあげて酒食を出し、帰りに一分ほどの草鞋《わらじ》銭を渡すのが決まりとなっていた。

「主人の命でございますので」

番頭が頑として拒んだ。

「…………」

同心が苦い顔をした。

「お待たせをいたしました」

奥から主人が現れた。

「おう、相州屋、随分じゃねえか。番太はおいらを無視するし、番頭は通せんぼしやがる。少しの間に、奉公人の質が落ちちゃいねえか」

気圧《けお》されるのを怖れるかのように、同心が上からものを言った。

「いえ、わたくしの指示によく従ってくれてますよ」

相州屋がこれでいいと肯定した。

「てめえ、舐《な》めてるんじゃないだろうな」

「そちらこそ、わたくしどもを甘く見すぎでございましょう。定町廻りが、奉行所のなかに閉じこもっているなんぞ、笑い話にもなりません」

厳しい顔で相州屋が応じた。

「御上のご都合よ。まさか、おめえも合力を止めるなんぞと言い出さねえだろうな。そんなまねをしてみろ、この店だけじゃねえ、町内も無茶苦茶になるぞ。町奉行所が手を出さないとわかったら、無頼や盗賊がわんさと集まってくる。金は盗られる、商品は壊される、女は犯される。こうなってもいいのか」

同心が脅しをかけた。

「番頭さん、ちょっと出かけてきますよ」

「へい。どちらへ」

同心を無視した相州屋に番頭も合わせた。

「南町奉行所まで。あらたにお出入りを許していただこうと思いますから」

北町奉行所から南町奉行所に鞍替《くらが》えすると相州屋が告げた。

「待て、待て」

同心が顔色を変えた。

出入り先は、北町奉行所と南町奉行所で折半しているわけではなかった。そこを縄張りとする定町廻り同心の所属している町奉行所へ与《くみ》するのが慣例であった。だが、それは絶対ではなかった。基本、町奉行所は一カ月交替で月番を務め、訴訟事を受け付けている。出入り先でなにかあったとき、月番でないということもままある。そんなときは、互いに融通しあう形になる。訴訟の受付日時をずらしたり、緊急を要するときは、貸しという形で便宜を図ったりするのだ。

とはいえ、これも決まっているわけではない。先代までの縁で、廻り方同心になっていない者のところに出入りを続ける商家もあり、北町、南町を逆転して出入りを選んでいる者もいる。これにかんしては、わかっていても苦情を付けないという暗黙の了解が、両奉行所の間にはあった。

「北町を捨てるつもりか」

同心が焦った。

「役に立たないところより、ちゃんと働いておられるところを信じる。当然のことだと思いますが」

相州屋が言い返した。

「まあ、待てよ。これも長い話じゃない。あと少しなんだ。もう少しでいつも通りに戻るからな。急くなよ」

同心が相州屋を宥めた。

「では、その間になにかあったときの責任は、お取りくださると」

「それは……」

相州屋に確認を求められた同心が口ごもった。

「話になりませんね。お帰りを」

同心が追い出された。

「これはまずいぞ」

町奉行所へ急ぎながら、同心が顔色をなくしていた。

陰蔵を町奉行所へ運びこむわけにはいかなかった。一応とはいえ、大木戸は抜けたのだ。越権だと言われてはまずい。陰蔵は播磨屋伊右衛門の持つ蔵へと連れこまれた。

「放しやがれ。お畏れながらと訴えてもいいんだぞ」

陰蔵が威を張ろうとした。

たしかに播磨屋伊右衛門のやっていることは法度に反している。町奉行所どころか、幕府の役人でさえない商人が、無頼の親分とはいえ、他人を束縛している。

「おもしろいことを言う。で、訴え出て捕まって、三尺高い木の上で晒《さら》されますか。おまえがしてきた悪事を知らないとでも」

播磨屋伊右衛門が笑った。

「ふん、おいらを北町奉行所は捕まえられねえ。捕まえたら、江戸中がひっくり返るほどの大事になるからな」

陰蔵が嘯いた。

「北町奉行所筆頭与力竹林との縁ですか」

播磨屋伊右衛門は敬称を付けなかった。

「…………」

「おや、都合が悪くなるとだんまりとは、陰を支配すると豪語していたらしいですが、少しばかり往生際が悪くありませんかね」

口をつぐんだ陰蔵を、播磨屋伊右衛門が嘲笑した。

「やかましい、たかが酒問屋の主ていどが、なにを偉そうにしてやがる。てめえなんぞ、血を見たことさえないだろうが」

あっさりと陰蔵が挑発に乗った。

「ふふふ」

それに播磨屋伊右衛門が笑った。

「なんだ、なにがおかしい」

「わたくしどもの店は、灘と直接遣り取りして、自前の船で酒を上方から江戸まで運んでいるんですよ」

「それがどうした」

陰蔵が不安そうに目を大きくした。

「海の上でのことは、誰にもわかりません。町奉行所はもちろん、代官、各大名家の手も及ばない。陸地とはまったく違っている。わかりませんか、法度が通じないんですよ、海の上は。知りませんでしょうなあ、今でも海賊が出ることを」

「海賊……馬鹿を言うな。そんなもの……」

笑いながら語る播磨屋伊右衛門を否定しようとした陰蔵が、沈黙した。

「漁師や、海沿いの住人が、船を襲う。皆殺しにしてしまって、積み荷を奪い、船の底に穴を開けてしまえば、なにも残らない。死体は鮫の餌食《えじき》に、船は藻屑《もくず》になる」

「…………」

淡々と言う播磨屋伊右衛門から、陰蔵が離れようと尻で後ずさった。

「播磨屋は家を継ぐまでに、この船荷に三度つきあわなければなりません。これはしきたりでございましてね、これをすませないと水主たちが言うことを聞いてくれない。うちの馬鹿息子はこれをまだやっていない。いまだにわたくしが完全に隠居できないのは、そのせいなのですよ」

「それがどうしたんだ、てめえの店の跡継ぎなんぞ知ったことか」

陰蔵が大声を出した。

「わかりませんかねえ。わたくしは三度江戸から灘を船で行き来したんですよ。そして一度海賊に襲われました」

「まさか……」

ため息を吐きながら言った播磨屋伊右衛門に、陰蔵が息を呑んだ。

「こちらは二十人ほど、向こうは小舟七艘に分かれて三十人ほど、銛《もり》や刀で武装して襲いかかってきました。幸い、撃退できました。でなければ、わたくしはここにいませんな」

播磨屋伊右衛門が冗談を言ったとばかりに、笑ってみせた。

「三人……」

不意に笑いを引っこめて播磨屋伊右衛門が陰蔵に囁いた。

「今でも覚えておりますよ、胸を突かれて海へ落ちていく男の目を。なんの景色も映っていない瞳をね」

播磨屋伊右衛門が声を低くした。

「……ごくっ」

陰蔵が音を立てて唾を飲んだ。

「やれやしないと侮るなよ、陰蔵」

「ひっ」

凄んだ播磨屋伊右衛門に、陰蔵が怯えた。

「池端さま、後はお任せしても」

「もちろんだ。これも金のうち、しっかりと吐かせてみせよう」

池端が首を縦に振った。

「たぶん、曲淵甲斐守さまが直接お見えになりましょう。すでに城見さまが陰蔵を捕まえたことを報告なさってますから、それほど余裕はありませんが、よろしくお願いします」

「任せてくれ」

播磨屋伊右衛門の注文を、池端が受けた。

三

亨は陰蔵捕縛の報を曲淵甲斐守のもとへ届けた。

「でかした」

珍しく曲淵甲斐守が手放しで褒めた。

「いかがいたしましょう。陰蔵をここへ連れて参りますか」

敵地とわかってはいるが、法度に沿うならば罪人は町奉行所での取り調べ、裁決を経なければ咎められない。

亨は曲淵甲斐守に確認した。

「できぬとわかっていることを問うな」

曲淵甲斐守が亨を叱った。

「そもそも陰蔵を裏で操って、西の娘を攫おうとしたのが北町奉行所筆頭与力だなどと表沙汰にできるか」

「…………」

亨は黙った。

「まあ、表沙汰になったところで、余はまだ町奉行の職に就いて浅い。余に罪は及ばないだろうが、評判は地に落ちる」

「なぜでございましょう」

奉行所内の膿《うみ》を出したのだ、褒められこそすれ、悪評が立つとは考えられなかった。

「内済にしなかった、いやできなかったと手腕を問われる。よいか、町奉行所は江戸の治安を預かっている。他にもいろいろあるが、もっとも大事で庶民たちと深くかかわるのが犯罪者の追捕と咎めだ。それをおこなう町奉行所が、闇の者と繋がっていたとなれば、どうなる。江戸の民たちは町奉行所を信じなくなるぞ」

「たしかに」

亨もそれはわかった。

「江戸は将軍家のお膝元だ。天下の大名たちも集まっている。そこでお膝元の民が揺らげばどうなる。将軍家のお名前に傷が付こう」

「まさに仰せのとおりでございまする」

曲淵甲斐守の説明で、亨は理解した。

「では、どういたしましょう」

亨が陰蔵への対処を訊いた。

「余が出向く」

「はっ」

すでに一度曲淵甲斐守は、旗本の空き屋敷で亨を襲った刺客の死体を検分するために、出向いている。亨は疑問を持つことなく、うなずいた。

「では、ただちにお駕籠を」

亨は腰を浮かせた。

町奉行は乗輿《じょうよ》を許されている。普段、曲淵甲斐守は登城にも、屋敷へ帰るにも駕籠を使っていた。

「待て、その前にいたさねばならぬことがある」

曲淵甲斐守が手で亨を制した。

「左中居を呼んで参れ」

「はっ」

ふたたび曲淵甲斐守が、年番方与力左中居作吾を連れてこいと命じた。

「いいか、決して竹林には知られるな」

曲淵甲斐守が念を押した。

「承知いたしましてございまする」

亨は役宅から、町奉行所へと急いだ。

町奉行所のなかはざわついていた。与力、同心にかかわりなく、廊下の隅などで数名ずつがたむろし、声を潜めて話をしていた。

「おいっ」

「あっ」

その固まりが、亨を見つけるたびに顔を逸らしたり、散っていったりする。

「他にすることがあるだろうに」

無駄にときを潰している与力、同心に亨は不快であった。

「城見どの」

そんな固まりの一つが、亨を呼び止めた。

「御用の途中である」

亨は相手にしなかった。

「同じ与力同士だというに、つれないことを言われるな。御用とあれば、お手伝いをいたすのもやぶさかではございませぬ。どのようなことをなさっておるのかの」

与力が絡んできた。

「お奉行の使いじゃ。邪魔をするな」

狭い廊下の中央に立ちはだかった与力に、亨は手を大きく振ってどけと言った。

「貴殿は内与力になられて間もない。奉行所の内部にも精通しておられぬ。拙者が先導いたそう。どこへ行かれる」

与力はしつこかった。

「重々承知した場所だ。先導は不要」

亨は拒否した。

「いやいや、道をまちがえて、使者が遅れてはお奉行の職務に差し障りましょう。遠慮なさるな」

まだ与力は亨を通さなかった。

「やむを得ぬ」

亨は廊下を降り、庭を横切った。

「ちっ」

足袋が汚れるのも気にしない亨に、与力が舌打ちをした。

「おい、藤田」

「承知」

呼ばれた同心が、素早く亨の行き先を確かめるべく、廊下を走っていった。

「竹林さまにお報せせねばならぬな」

与力が、吟味方与力の控え室へと向かった。

亨は先ほどの与力の名前を思い出そうとしていた。

「顔に覚えはあるが……」

名前と所属が思い出せない。亨は呻吟《しんぎん》していて、背後の尾行に気付かなかった。

町奉行所には内与力を入れず、二十五人の与力がいた。もっとも実数は二十三人しかおらず、二人分の禄は町奉行所の裏金として遣われている。同心の百二十人に比べれば、六分の一ほどしか与力はいないが、山上らと違って町奉行所に取りこまれなかった亨は、与力たちとの交流をほとんどしていないため、名前と役目を把握できていなかった。

「……着いた」

思い出すことなく、亨は年番方の部屋へ到着した。

「ごめん、内与力の城見でござる。左中居どのはおられるか」

年番方は奉行所の金を扱う。内与力でも部屋のなかへ入ることはできなかった。

「しばし、待たれよ」

なかから応答がして、襖が開けられ、左中居作吾が顔を出した。

「お奉行がお呼びでござる」

「承った。すぐに参上いたす」

亨の口上に左中居作吾が首肯した。

それを同心はしっかりと見ていた。

「お報せいたさねば」

同心も吟味方与力の控え室へと急いだ。

吟味方は町奉行所の花形になる。さすがに書類が溢《あふ》れ、下僚も多い年番方ほどではないが、十二分な広さを誇っていた。

その最奥に筆頭与力竹林一栄はいた。

「……どうやら来たようでござる」

竹林一栄の隣に座っていた、先ほど亭に絡んだ与力が、襖を開けて入ってきた同心に気付いた。

一応、声をかけなければ無礼として叱られるが、吟味方与力の控え室は、いざというときに手間取っては意味がないと、同心の入室も認められていた。

「こっちへ来い」

竹林一栄が同心を手招きした。

「どこへ行った」

「左中居さまを呼び出しておりました」

問われた同心が答えた。

「で、左中居はどうした」

「ただちに参上するとご返答なさいました」

「むっ」

同心の答えに、竹林一栄が苦い顔をした。

「最近、どうも左中居の様子が変だ」

「まさか、寝返ったのではございませぬか」

隣にいた与力が、嫌な想像をした。

「それはないと思うが……左中居もかなり奉行の足を引っ張っていたからな」

竹林一栄が首をひねった。

「それよりも、なにで呼び出されたかだ。誰か聞き耳を立ててこい」

盗み聞きしてこいと、竹林一栄が一同に命じた。

「筆頭さま、今は役宅への出入りを同心の一部が封鎖しておりまして」

「なんだと。誰だ、そのような裏切りをしておる者は。越年させぬぞ」

申しわけなさそうに言った与力に、竹林一栄が権威を振りかざした。

「それを申したのでございますが、越年は年番方の役目だと」

「年番方の役目……なにを言っておるか、ここ最近はずっと儂がやってきた。次の年越しも儂がやる」

竹林一栄が一蹴した。

「ですが、決まりは年番方与力の任と……」

「……やはり左中居は不審であるな。よし、奉行のところから戻ってきたところを捕まえて、ここまで連れてこい」

左中居作吾への疑念を抑えきれなくなった竹林一栄が、配下に指示した。

「では、わたくしが。同心では、格で押しきられてしまいましょうほどに」

与力が指図を受けた。

四

左中居作吾を迎えた曲淵甲斐守は静かであった。

「忙しいところをすまぬな」

「いえ」

いつもの遣り取りが、まずおこなわれた。

「左中居、そなたは陰蔵という男を存じておるか」

白々しく曲淵甲斐守が問うた。

「江戸の地回り、そのまとめをしている男の一人かと」

左中居作吾もしれっと答えた。

「さすがは町奉行所を預かる年番方である」

曲淵甲斐守が感心してみせた。

「その陰蔵がなにか」

話を進めてくれと左中居作吾が曲淵甲斐守へ水を向けた。

「捕らえた」

「なっ」

あっさりと言った曲淵甲斐守に、左中居作吾が絶句した。

「先ほど、城見が報せて参った。江戸から逃げ出そうとしていた陰蔵を捕縛した」

「城見どのが」

左中居作吾が、亨を見つめた。

「いいや、城見ではない。捕まえたのは播磨屋の手の者だ」

亨に代わって、曲淵甲斐守が答えた。

「では、陰蔵の身は、大番屋に」

町人や旗本などの武家が、掏摸《すり》や盗人を捕らえたときは、すみやかに自身番へ連れていかなければならず、自身番はただちに大番屋へ運びこむか、手に負えないときは報せを出し、引き取りに来てもらわなければならないと決まっている。

「大番屋に連れこめば、陰蔵は死ぬぞ。それをわかっていての言葉か」

曲淵甲斐守が厳しく問うた。

「……………」

左中居作吾が黙った。

「どうすればよいと思う」

曲淵甲斐守が左中居作吾に訊いた。

「手続きといたしましては……」

「そんなことを訊いてはおらぬぞ」

「……………」

遮られて左中居作吾が黙った。

「表沙汰にはできぬ。互いに都合が悪かろう」

「……はい」

言われた左中居作吾が同意した。

「ことは闇から闇へと葬り去らねばならぬ。とはいえ、余が勝ったのは確かである。

表沙汰にしたところで、御上は余を咎められぬ。膿を出した者は褒められこそすれ、罰せられぬ。罰するようでは、もう誰も腐敗を言わなくなる」

「ですが、お奉行の手腕に傷が付きましょう」

曲淵甲斐守に負けぬとばかりに、左中居作吾が言い返した。

「わかっておる。すぐに異動をして、周囲に気取られては困るゆえ、執政衆も数年は、余をこのままにしてくれよう。だが、いずれはお役ご免か、閑職へ転じさせられる」

実状を把握していると曲淵甲斐守が告げた。

「とはいえ、どちらの被害が大きい」

「……我らでござる」

尋ねられた左中居作吾が苦い顔で認めた。

「町方総入れ替えくらいはおきような」

「そんなことをすれば、江戸の町は大混乱に陥りまする」

左中居作吾がそこまではできまいと否定した。

「火付け盗賊改め方の加役を増やせば、治安はしばらく保てよう」

もともと火付け盗賊改め方には、幕府お先手組という戦場で先陣をする武に優れた旗本、御家人を当てている。火付け盗賊改め方は十一月から翌年二月ごろまで、火付けや盗賊の増える冬だけの役目であったことから、本役のお先手組に対して加役と呼ばれていた。

町奉行と違って、政などにはかかわらない、純粋の軍事役であるため、捕縛して取り調べなどという面倒を嫌い、抵抗すればその場で斬り殺すほど乱暴なものであった。

「しかしっ……我らの重ねてきた慣れは……」

「そんなもの、ご老中方が気にされると思うか」

左中居作吾の抵抗を、曲淵甲斐守が一言で終わらせた。

「うっ」

「何人までならいける」

詰まった左中居作吾を降伏したと見た曲淵甲斐守が質問した。

「何人とは……」

混乱していた左中居作吾がわからないと問い直した。

「今の与力を何人までなら入れ替えられる。代役として出せる者は何人いる」

冷たい声で曲淵甲斐守が言い換えた。

「今すぐにお役に就ける者は、見習いの三人、少し猶予をいただきまするが、三カ月あればなんとか形にできるのが……五人」

左中居作吾が考えながら答えた。

「そのなかに竹林一栄に縁のある者はおるまいな」

「一人、竹林の末弟がまだ部屋住でおりまする。今年で二十一歳になるはずでございますが、兄と折り合いが悪く、養子先を見つけてもらっておりませぬ」

念を押した曲淵甲斐守に、左中居作吾が語った。

「折り合いが悪いならばよいが、使いものになるのだろうな」

曲淵甲斐守が懸念を表した。

「大事ございませぬ。剣術の腕は知りませぬが、かなり出来のよい男だとの噂でございまする」

町方与力の弟、それも筆頭与力のとなれば、婿や養子の先はいくらでもある。それが二十歳をこえてまだ家にいるというのは、よほどのことであった。

「わかった。合計で八名だな」

「できましたら、十名ほどにしていただきたく」

首を飛ばすのは八人だなと確認した曲淵甲斐守に、左中居作吾が二人上乗せを求めた。

「裏金を増やしたいと申すか」

すぐにその意図を曲淵甲斐守が見抜いた。

「はい。今回合力の金でかなり商人たちの反感を買いましてございまする。合力金から出していた費用のうち、いくつかはこちらで補塡《ほてん》しなければ足らなくなりました。それでは、お奉行のお役目にも影響が出まする」

左中居作吾が穴埋めに遣いたいと述べた。

「わかった。しかし、いつまでも裏金に頼るようなまねは止めよ。早いうちに無駄をなくし、御上からの金だけで町奉行所を回せるようにいたせ」

曲淵甲斐守が認めながらも、釘を刺した。

「では、余は陰蔵とやらに会ってくる。ご苦労であった」

「お気を付けて」

話は終わりだと曲淵甲斐守が手を振り、左中居作吾が平伏した。

曲淵甲斐守の役宅から奉行所へと戻ってきた左中居作吾を、竹林一栄が待っていた。

「左中居、少しいいか」

「忙しいので……」

竹林一栄の求めに、左中居作吾が眉《まゆ》をひそめた。

「奉行には会ったのだろう」

不満を竹林一栄が露わにした。

「だから余計な手間を喰ったのでござるぞ」

曲淵甲斐守のせいだと左中居作吾が嘆息した。

「少しでいい。付いてこい」

強引に竹林一栄が左中居作吾を手近な空き座敷に引きずりこんだ。

「……なんでござるか」

「まあ、落ち着け」

手短にすませようと立ったままの左中居作吾を竹林一栄が座らせた。

「忙しいと申しあげたはず」

「わかっておる。だから、直截に問う。おぬし、寝返ったのか」

急かす左中居作吾に、竹林一栄が訊いた。

「…………」

無言で左中居作吾が竹林一栄を見つめた。

「なんだ」

見つめられた竹林一栄が、気にした。

「寝返ったとは、どういう意味でござる」

左中居作吾が低い声で問うた。

「奉行と何度も会っているではないか」

「拙者は年番方でござる。お奉行との間に遣り取りは避けられませぬ。許しなく金を動かしたりすれば、拙者が咎めを受けまする」

「むう」

竹林一栄が唸った。

お金の不正は、町奉行ではなく勘定吟味役の担当になる。大奥であろうとも監査に入れる勘定吟味役を相手にするのは、町方役人でも無理であった。

「今はなにで呼ばれた」

竹林一栄が話題を変えた。

「それは話せませぬ。年番方の役目は、筆頭与力どのとはいえ、お口出しはご遠慮いただきたく」

「左中居、そなたと儂の仲ではないか」

権威で抑えつけられぬと知った竹林一栄が、情に訴えた。

「中身は申せませぬぞ。たとえ親子でも年番方の内容は伝えてはならぬのが決まり」

左中居作吾が首を横に振った。

同心や与力の人事を担当する年番方である。今度誰をどの役目に就けるとか、あの同心は越年させないなどの情報が、公表前に漏れるといろいろな障害が生じる怖れがある。年番方は、その就任時に生涯職務で知ったことを口外しないという誓書を出す。これを破った者は、厳しく咎められる。役を解かれるのはもちろんのこと、隠居した後も跡継ぎ、その孫と三代は年番方へ推挙されなくなった。

町奉行所に集まる合力金を集め、それを経験、役職で分割する、その配分は年番方がする。当然、年番方ほど割り振りは多くなる。

年番方こそ、町奉行所でもっとも余得の多い役目であり、与力、同心あこがれの的であった。

「お知りになりたいのならば、直接訊けばよろしゅうございましょう」

「会えぬのだ。儂を始めとして吟味方の者は、役宅へ通られぬ」

言われた竹林一栄が首を横に振った。

「あの邪魔をしている同心どもは、おぬしの手配であろう」

年番方にも同心はいる。

竹林一栄が文句を付けた。

「あれもお奉行の命でござる」

言われたからしかたがないと左中居作吾が責任を回避した。

「なんとかしてくれ」

「無理を言わないでいただきたい。貴殿を通せば、拙者の仕業とわかりましょう」

咎めを受けるのは、こちらだと左中居作吾が拒んだ。

「埋め合わせはする」

「年番方与力を辞めさせられたとして、どれだけの埋め合わせをしてくださるのか」

補償はすると言った竹林一栄に、具体的な金額を提示してくれと左中居作吾が求めた。

「それは……」

竹林一栄が口ごもった。

「……いたしかたございませぬな。これもつきあい」

「おおっ。融通してくれるか」

ため息を吐いた左中居作吾に、竹林一栄が身を乗り出した。

「便宜は図りませぬ。ただ、一つお教えするだけでござる」

「教える……なにを」

怪訝そうな顔を竹林一栄がした。

「お奉行は、まもなく外出なさる」

「外出する……」

基本町奉行は、登城するとき、自宅へ戻るとき以外は役宅にいる。多忙を極める町奉行は、滅多なことで外出するだけの余裕がなかった。

「どこへ、なんのために」

「そこまでは……」

知らないとも言えないとも口にせず、左中居作吾がごまかした。

「そうか。とにかく助かった」

竹林一栄が喜んだ。

五

町奉行の行列ともなると、その随行員も多い。

行列のすべてを差配する供頭を筆頭に、警固の家臣が五名から十名、槍持ち、挟み箱持ち、草履取りなどの小者まで合わせると、三十名近くなる。登城だとか屋敷へ戻るなど、他人の目を気にしなければならないときはいたしかたないが、あまり派手に動いて目立ちたくないときなどは、その半分以下にする。

「最低限の人数でよい。槍は避けよ」

曲淵甲斐守が行列の仕度を命じた。

槍を立てないと言ったのは、槍の拵《こしら》えでどこの誰かがわかるようになっているからであった。有名なものに脇坂《わきざか》家の貂《てん》の皮で作った槍の覆いなどがあり、曲淵家の丸の内横木瓜《よこもっこう》と替え紋の被せ笠をあしらった黒漆の槍鞘も見る者が見れば、すぐに素性が知られてしまう。

「槍がないと形が整いませぬが」

高禄旗本の特権が、駕籠の前に押し立てる槍である。槍を立てられるかどうかは、武士にとって大きな格であった。

「形などどうでもよい。そのようなことにかまっている場合ではない」

乗輿と同じで槍も立てることが許されるもので、許可のない者がすれば咎められるが、別段立てていないからといって叱責を受けたりすることはなかった。

いや、逆にお忍びを察せず、それを声高に唱えると、情けを知らぬ奴として蔑《さげす》んだ目で見られることになりかねない。

「承知いたしました」

残念そうに供頭が引いた。供頭を含めた家臣にしてみれば、主の出世は誇らしいことであり、堂々と槍を立てて江戸の町を練り歩き、自慢したいのだ。とはいえ、主君の意向には従わなければならないのも、家臣であった。

「お発《た》ちである」

普段は大きく尾を引く独特な声で、出立を周囲に報せるが、お忍びということで大人しい。

供頭の合図で、駕籠が動き出した。

竹林一栄は、常盤橋御門を出て少し離れたところで行列を待っていた。いかに町奉行所の者といえども、御門内でもめ事をおこすのはまずい。常盤橋御門を守る番士たちの目は厳しく、門内の町奉行所役人といえども酌量はない。どころか、不浄役人と蔑んでいる町方役人が、己たちよりも贅沢な身形をしていることに嫉妬《しっと》しており、よりきつい対応をされてしまう。

「来た」

町奉行の駕籠も門を出るときは、扉を開けて身分をあきらかにしなければならない。一度止まった曲淵甲斐守の駕籠が、少ししてふたたび動き出した。

「……しばし、しばし」

常盤橋御門の番士が口出しをしてこないと確信を持てるところまで引きつけて、竹林一栄が行列の前に躍り出た。

「なんだ、竹林どのではないか」

供頭とはいえ、陪臣でしかない。直臣の登場に、情けなくも止まってしまった。

「どうした」

駕籠が止まれば、乗っている者は気付く。曲淵甲斐守が駕籠のなかから問うた。

「筆頭与力の竹林どのが、行列の前に立ちはだかられて」

やむを得ない停止であると供頭が説明した。

「竹林が……後ほど、奉行所で聞くと申せ」

「お会いくださらぬではございませぬか」

するすると竹林一栄が駕籠脇へと近づいた。

「なりませぬぞ」

駕籠の後ろに付いていた亨が、竹林一栄を見とがめた。

「それ以上近づくことは許されぬ」

腰を落とした亨が、いつでも抜き放てる体勢を見せた。

「くっ、陪臣風情が儂を誰だと思っている」

亨の殺気に気圧された竹林一栄が一瞬だけたじろいだ後、喰ってかかった。

「どけ、邪魔をするな」

竹林一栄が亨に手を振って、扇《あお》ぎ飛ばすようにした。

「…………」

無言で亨は太刀の鯉口《こいぐち》を切った。

「き、きさま、それがなにを意味するのかわかっているのか。内与力に任じられたから、幕臣になれたのではないのだぞ。あくまでもきさまは陪臣、その陪臣が幕臣に太刀を突きつけるなど、謀叛《むほん》も同然。主君にも累が及ぶぞ」

竹林一栄が顔色を変えた。

「むっ」

主君にも累が及ぶと言われた亨がたじろいだ。

「たわけが。主君を襲おうとしているやも知れぬ者を追い払って、罪になるわけなかろうが。まさに忠義の発露であろう」

駕籠の戸が開いて、曲淵甲斐守が口を出した。

「竹林、行列を止めるほどの用であろうな。くだらぬことであれば、いかに筆頭与力といえども、そのままではすまさぬぞ」

黙ってどけと暗に曲淵甲斐守が含んだ。

「お奉行……」

「それ以上近づくな。そこで申せ」

太刀の間合いに入りかけたところで、曲淵甲斐守が竹林一栄を制した。

「それでは、周囲に聞こえまする。他人払いを願いましょう」

竹林一栄が逆に二人きりを要求した。

「駕籠をあげろ。もう、止めずともよい」

曲淵甲斐守が供頭に命じた。

「はっ。一同、お発ちである」

主君の指図は絶対、供頭が出立を叫んだ。

「ま、待ってくだされ。どこへお出かけかだけでもお教えくださいませ」

竹林一栄があわてた。

「一々、筆頭与力に行き先を言わねばならぬのか、奉行は」

動き始めた駕籠のなかから、曲淵甲斐守があきれた。

「お奉行がどこにおられるかを把握しておりませんと、なにかのときに困りまする。明暦のような大火が始まったとき、お奉行と連絡が取れねば、初動が遅れ、惨事を大惨事にしかねませぬ」

「見事な正論じゃの」

竹林一栄の言い分を、曲淵甲斐守が認めた。

「普段の町奉行と筆頭与力は、そうでなければならぬ。だが、今は違うの」

曲淵甲斐守が、竹林一栄を睨みつけた。

「そなたと余は敵である。そう、先日確認をしたはずじゃ。どこに居場所を教える者がおるか、敵にな」

嘲笑を曲淵甲斐守が浮かべた。

「……ですが、万一のためでもございまする」

「心配するな。余がどこにいるかは、町方役人の誰とは言わぬが、知っている」

しつこく喰い下がる竹林一栄に、曲淵甲斐守が告げた。

「それは誰でございましょう」

「言わぬと申した。行け」

曲淵甲斐守がもう一度進発を命令した。

「お待ちを……」

「よいのか、竹林。余にかまっていて」

「……どういう意味でございましょう」

竹林一栄が怪訝そうな顔をした。

「陰蔵と言えばわかるかの」

「……はて、なんのことでございましょう」

少しだけ遅れたが動揺を見せず、竹林一栄がわからないと応じた。

「そうか。ならばよい。なあに、たいしたことではないからの。播磨屋の手の者が陰蔵を押さえたというだけじゃ」

「…………」

曲淵甲斐守の言葉に、竹林一栄が反応しなかった。

「ではの。後を付いてくるなよ。付いてきたならば、陰蔵とかかわりありと認めるぞ」

釘を刺して、曲淵甲斐守が去っていった。

「……馬鹿な。陰蔵は旗本屋敷に匿われていたはずだ。あやつも己がどれだけ危ういかくらいはわかっている。少なくとも儂がいいと言うまで外には出ないはずだ」

残された竹林一栄が独りごちた。

「……追い出されたか。甲斐守がなにやら動いているとは聞いていたが……」

憎々しげに竹林一栄が頬をゆがめた。

「だが、まずい。陰蔵とは直接遣り取りをした。もし、陰蔵が口を割れば……普段ならば、あのていどの無頼の言をと笑い飛ばせるが、甲斐守はそれを許すまい。儂を放逐できはすまいが、そういった無頼から名前が出るだけでも不謹慎だと、筆頭与力は辞めさせられる」

従来の町奉行は、筆頭与力の言葉を信用していた。いや、無視できなかった。筆頭与力と仲違《なかたが》いしては、町奉行としての任に不足が出るからだ。

「陰蔵を始末せねばならぬ……」

顔色を変えて竹林一栄が、町奉行所へと足を速めた。

後ろを警戒していた亨に曲淵甲斐守が声をかけた。

「付いてはこぬ。あやつはそこまで肚が据わっていない」

「では……」

亨が肩の力を抜いた。

「そして、愚かではあるが、馬鹿でもない」

「どういうことでございましょう」

亨が首をかしげた。

「今、無理をして後を付けてこずとも、行列がどこへ行ったかなど、いくらでも調べようはある。町屋に入れば自身番があちこちにあるのだ。これくらいの刻限に何人ていどの行列が通らなかったかと訊いて回れば、すぐに知れる」

「あっ」

曲淵甲斐守の説明で亨も理解した。

「では、すぐにでも陰蔵を移さなければ……」

「移さぬ」

亨の進言を一言で曲淵甲斐守が拒んだ。

「それでは、陰蔵が……」

「城見、そなたわかっておらぬようだな。並べ」

曲淵甲斐守が、亨を側へ来いと呼んだ。

「ごめんを」

主君の駕籠脇へ、亨が付いた。

「陰蔵はなんだ」

「無頼の頭領でございまする」

問われて亨が答えた。

「そうだな。しかも金で人を殺すのを請け合うような悪逆非道な輩だ。そんな輩が町奉行所の筆頭与力を仲間だと証言して、それを信じられるか」

「信じられまする」

間髪を容《い》れず、亨が認めた。

「それは、そなたが余の家臣であり、竹林一栄がどのような男かわかっているからだ。しかし、世間はそう見るか。いや、世間などどうでもいい。南町奉行の牧野大隅守や目付たち、竹林一栄を知らぬ者は信じるか」

「…………」

亨は答えられなかった。

「かつて隠密廻り同心を異動させた。あれくらいならば、まままあることと誰も追及せぬ。だが、北町奉行所の筆頭与力を奉行が解任したとなれば、いささか事情が変わる」

「町奉行所内のもめ事と取られる」

「そうだ。余と竹林との勢力争いと見られてもいたしかたない。そうなっては、余の出世に差し支える。配下を扱いかね、排除した器量、度量のない者よと笑われよう。それでは意味がない」

曲淵甲斐守が出世を見据えての話を続けた。

「それを避けるには、竹林一栄を筆頭から降ろすのが精一杯だ。これは、火事場に熾火《おきび》を残したも同然、いつまた炎があがらぬとも限らない」

「はい」

亨がうなずいた。

「陰蔵という札を手に入れた今こそ、最大の好機。なんとしてでも竹林一栄を町方から放逐し、あやつに与した者にも罰を与え、二度と余に逆らおうなどと思わぬようにする」

曲淵甲斐守が強い口調で言った。

「ですが、どうやって」

「迎え撃つのだ」

問うた亨に、曲淵甲斐守が告げた。

「迎え撃つ……まさか、わざと襲わせると」

「うむ」

驚いた亨に、曲淵甲斐守が首肯した。

「幸い、陰蔵がいるのは播磨屋の蔵だ。町屋にある。向こうを誘い出すには、最高の舞台になる」

「はまりましょうや。罠だと見抜いているやも知れませぬ」

「来る。来ねば終わる。陰蔵がなにを言うかわからぬのだ。ひょっとすると、竹林とのかかわりを示すものを持っているかも知れぬ。なにより、竹林は先ほども申したように、辛抱ができぬ。余が町奉行でおる間くらい大人しくしていればすむのが、我慢できなかったのだぞ。己の死命を制する陰蔵を、余が握っている。その不安に竹林一栄は耐えられぬ」

曲淵甲斐守は竹林一栄の性質を見抜いていた。

「そして、今度は代理を使うまい。代理ではことがなったかどうかわからぬし、陰蔵のように捕らえられ、逆に己の首を絞める材料になることもある」

「本人が来ると」

「来る」

確認した亨に、曲淵甲斐守が大きく首を縦に振った。

「自ら決着を付けに、あやつは来る」

もう一度、曲淵甲斐守が断言した。

第五章　血の幕明け

一

北町奉行所に急ぎ足で戻った竹林一栄は、同心溜の戸障子を声もかけずに開けた。

「誰ぞ、手の空いている者はおるか」

竹林一栄が叫んだ。

「筆頭与力さま、何用でございましょう」

小走りに近づいた筆頭同心が、竹林一栄の前で片膝を突いた。

「今、奉行が行列で出ていった。それがどこへ向かったかを調べてこい」

竹林一栄が指示した。

「行列でござるか。ならば、容易でござる。岩谷、そなた行けるな」

筆頭同心が、壁際に張り付くようにして座っている臨時廻り同心を見た。

「行き先を確かめるだけでよろしいので」

「とりあえずは、それでいい」

確認をした臨時廻り同心に、竹林一栄がうなずいた。

「では、行って参りましょう」

臨時廻り同心の岩谷が、竹林一栄の隣をすり抜けていった。

「誰か、吟味方与力どもに、ここへ来るよう伝えてこい」

続けて竹林一栄が言った。

「承知」

若い同心が応じて出ていった。

「筆頭与力さま」

「揃うまで待て」

事情を聞きたがった筆頭同心を、竹林一栄が抑えた。

「お呼びとあったが」

「参集せよとのお招きに応じましてござる」

吟味方与力が続けて同心溜に姿を見せた。

「ご苦労である」

竹林一栄が与力たちをねぎらった。

「全員集まりましてござる」

筆頭同心から、その場の取り仕切りを奪い取った吟味方与力が、竹林一栄に報告した。

「うむ」

首肯した竹林一栄が、一同の顔を見回した。

「皆の者、ついに決戦のときである」

「決戦……」

「誰と戦うのだ」

竹林一栄が口にした言葉に、怪訝そうな反応がおこった。

「甲斐守が……護衛の人数も少なく、市中へ出た」

「……やはり」

「お奉行とことを構えるというか」

今度は戸惑いの声があがった。

「陰蔵が捕まった」

「なっ」

「それは……」

竹林一栄の一言に、与力たちが顔色を変えた。

「陰蔵……あの闇の陰蔵でございまするか」

筆頭同心が身を乗り出した。

金で人殺しを請け負う陰蔵は、その他にも縄張りにかかわるもめ事で、下手人としての手配を受けている。それこそ捕まれば、三度くらい首を切り落とされるほどの大悪人である。陰蔵を捕まえたとあれば、大手柄であった。

「一体誰が、陰蔵を。まさか、南町ではございますまいな」

大手柄だけに、南町奉行所と競い合っていたのだ。その争いに負けたとあっては、しばらく北町奉行所に属する者は肩身の狭い思いをしなければならなくなった。

「まずい、まずいぞ」

吟味方与力で最古参の男があわてた。

「陰蔵を捕まえたのは、お奉行の手の者でござるか」

別の吟味方与力が問うた。

「違う。播磨屋の用心棒だそうだ」

「どうやって……陰蔵は旗本屋敷に……」

「おいっ」

思わず口走った吟味方与力を、最古参の吟味方与力が警告した。

「では、陰蔵の詮議《せんぎ》にお奉行は出かけられたと」

「ああ。はっきりとそう言った」

問うた最古参の吟味方与力に、竹林一栄が首を縦に振った。

「そこはどうともできましょう」

最古参の吟味方与力がごまかしようはあると述べた。

「大番屋に引き取ってしまえば……」

「渡すわけないだろう、甲斐守が」

甘いと最古参の吟味方与力を竹林一栄が叱った。

「我らの手で吟味した内容でなければ、信じるに値せぬと言い張れば」

罪人の取り調べから、拷問までそのすべては吟味方にある。もっとも海老責め、石抱きなどの命にかかわる拷問をするには、老中の許可と医師の立ち会いが要るが、やるやらないを含めた決定は、吟味方与力の判断によった。

「……目付に持ちこまれたらどうする」

竹林一栄が最古参の吟味方与力を見つめた。

「儂の名前が出ているのだ。その当事者に取り調べを任せるわけなかろう。そして、幕臣である我らの非違を監察するのは目付の仕事だ。甲斐守が、陰蔵を目付に渡したら……」

「………」

竹林一栄の話に、最古参の吟味方与力が黙った。

「目付に渡しても、陰蔵の身柄は牢屋敷に収監されるのが決まり。なれば牢奉行の石出《いしで》帯刀《たてわき》さまにお願いして、陰蔵を……」

最後まで言わなかったが、最古参の吟味方与力が牢内で命を絶てばと提案した。

「石出帯刀さまは駄目だ。いかに我らと縁戚とはいえな。相手が目付では分が悪い。目付から預かった囚人を死なせたとあっては、咎められる」

竹林一栄が首を横に振った。

石出帯刀は、その初代が家康の江戸入りに合わせて、罪人を預けられたことから、世襲制の牢奉行とされた。そのために、六百石というお歴々に近い家禄を誇りながらも、不浄職扱いを受け、家格の近い旗本からの縁組みはまずなく、町奉行所の与力と通婚を重ねていた。

とはいえ、家を潰すほどの一蓮托生ではなかった。

「で、では、牢屋敷へ運びこまれるまでにどうにかせねば……」

「我らは破滅だ」

蒼白《そうはく》になった最古参の吟味方与力に、竹林一栄がうなずいた。

「陰蔵をやるしかないと」

別の吟味方与力が息を呑んだ。

「…………」

無言で竹林一栄が認めた。

「ここにおる者は、儂と同じ思いを持っている者だと信じている。町奉行所を町奉行の出世の土台にするのではなく、江戸の町を守る我らの居場所として堅持する。

そう考えておるはずだ」

竹林一栄が、雰囲気を重いものに変えて、話し始めた。

「お待ちあれ」

「なんだ」

口を挟んだ筆頭同心を、竹林一栄が睨みつけた。

「先ほどからのお話を伺っていると、陰蔵と与力さま方はかかわりがあったように思えましたが……」

「そうだ。陰蔵は我らの手でもあった。もちろん、すべてではないが、あまり馬鹿をさせぬように、我らが手綱を握っていた」

筆頭同心の問いに、竹林一栄が開き直った。

「な、なんということを。陰蔵は少なくとも、十件以上の殺しにかかわっているとして、御手配を受けている罪人でございますぞ」

驚愕した筆頭同心が竹林一栄を責めた。

「捕まえるより、使うほうが役立っていたのだ。大の虫を生かすに小の虫を殺す。ままあることであろう」

竹林一栄が言い放った。

「なっ……」

筆頭同心が絶句した。

「そなたたちもその利を得ていたのだぞ。考えてみよ、陰蔵が犯したと思われる殺しを。その場所はどこだ。おまえたちの縄張りであったか」

「……それは」

言われた定町廻り同心たちが顔を見合わせた。

「縄張り内で下手人が出たら、月番はかかわりなく、担当の定町廻り同心が追う。これが慣例だ」

「たしかにそうではございますが……」

担当する縄張りから合力金を受け取っている定町廻り同心が、町内での出来事に責任を負うのは当然である。もともと治安がよく、そうそう人殺しなどないだけに、あれば一気に話題になり、どうなったかと後追いをする者も多い。

それだけに担当することになった定町廻り同心の負担は大きかった。うまく下手人を捕らえれば、評判もあがり出入り先も増えるが、なかなか捕まえられなければ、頼りないとして、もらえる金が減らされたり、下手をすれば出入り先が逃げ出していく。

定町廻り同心にとって、縄張りは平穏無事であってほしい。

「まさか、陰蔵は北町の縄張りでことをおこさなかったと」

「うむ。儂が命じていた」

「なっ……」

筆頭同心は動揺を抑えきれなくなっていた。

「よろしいか。それは陰蔵のすることを見逃していたのと同じではございませぬか」

横で聞いていた石原が、割りこんだ。

「利じゃ、利。わからぬか。儂が見逃そうが、見逃すまいが、陰蔵は依頼を受けた殺しをあきらめはせぬ。止められぬならば、せめてこちらの利になるようにすべきであろう」

竹林一栄が当然のことだと告げた。

「陰蔵を捕縛すればすむことでございましょう」

石原が喰ってかかった。

「青いの、そなたは」

竹林一栄が嘆息した。

「陰蔵を捕まえたところで、無頼はいなくならぬ。陰蔵の穴を別の誰かが埋めるだけ。そうであろう」

「………」

実際そうなのだ。無頼は追い払っても、捕まえても、湧いてくる。無頼の根絶やしなど、できる話ではなかった。

「そして、今度の無頼の頭領は、儂の支配下にはない。当たり前だ、前任というのはおかしいが先代の頭領を捕まえたのだ。警戒して姿さえ見せないだろう。そうなったらどうなる。陰蔵の跡を継いだ無頼は、北町の縄張りでもことをおこすぞ」

反論できない石原に、竹林一栄が止《とど》めをさした。

「わかっただろう、おまえたち」

竹林一栄が、定町廻り同心たちを見つめた。

「ここにおる者は、一心同体よ。儂が沈めば、おまえたちも溺《おぼ》れる」

ゆっくりと竹林一栄が言った。

「皆、陰蔵を片付けに行くぞ」

「おう」

「…………」

竹林一栄の命に吟味方与力は気勢をあげ、同心たちは無言を貫いた。

「従わぬ者は、越年させぬ」

「それは……」

同心たちに動揺が走った。

「よいな」

念を押した竹林一栄に、叛旗《はんき》の声があがった。

「お断りいたしまする」

「石原、きさま……」

竹林一栄が憤怒の表情を浮かべた。

「町方役人として、してはならぬ一線をこえるわけには参りませぬ」

石原がきっぱりと言った。

「定町廻りどころか、同心を辞めさせられてもよいのか」

「かまいませぬ。そのようなまねをしてしまえば、二度と自身番に異常ないかという声をかけることはできなくなりまする」

定町廻り同心の決めぜりふを例に出して、石原が拒んだ。

「奉行に付くのだな」

「いいえ。お奉行にも味方いたしませぬ。江戸の平穏を出世の道具になさるお方には、従えませせぬ。とはいえ、無理強いをなさるとあれば、ここで大声を出しますが」

曲淵甲斐守との距離は今まで通り空けると石原が表明した。

「……ちい。常盤橋御門の番士を呼ぶつもりか」

竹林一栄が舌打ちをした。

「やむを得ぬ。ことがなった後の報いは覚悟しておけ。同心でおられなくなるだけでないぞ。そなたの親戚は、永遠に町方との縁を失う」

「どうぞ。訴えて出ぬことが、せめてもの想いと思ってくだされ」

石原が踵を返し、同心溜の奥へと引っこんだ。

「あのような裏切り者は放置して、我らは出るぞ。身形を変えてこい。町方とわかるような風体はするな。頭巾も忘れるなよ、どこで顔を見られるかわからぬ」

竹林一栄が指示を出した。

「わたくしも遠慮いたしまする」

「拙者も御免蒙ろう」

次々と定町廻り同心が拒否した。

「小野田、三井、きさまらもか」

石原に同調した同心たちに、竹林一栄が激怒した。

「今までの恩義を忘れおって……」

「筆頭与力さま、今はそのような連中にかかわっている暇はございませぬ」

怒鳴りちらそうとした竹林一栄を最古参の吟味方与力が宥めた。

「……そうであった。こやつらへの怒りは、後で晴らす」

大きく息を吸って、竹林一栄が落ち着いた。

「着替えを終えたら、八丁堀の儂の屋敷へ集まれ。半刻（約一時間）ですませろ。遅れた者もあやつらと同罪じゃ。急げ」

憎々しげに同心溜の奥で端座する石原たちを見て、竹林一栄が足音も高く同心溜を出ていった。

「帰ってこられるかの」

「………」

小野田の独り言に、石原は応じなかった。

二

播磨屋伊右衛門の持つ蔵は、日本橋の本店から十町（約一キロメートル）ほど離れた三十間堀《さんじっけんぼり》沿いにあった。

「亨、先触れをいたせ」

「はっ」

町奉行とはいえ、老中や御三家出入りの播磨屋へ無礼な対応はできない。曲淵甲斐守は、亨をまず蔵へと行かせた。

「城見でござる。曲淵甲斐守がまもなく参りまする」

蔵の外にいた荷揚げ人足に亨は声をかけた。

「へい」

「扉を開けろ」

話は通っていたのか、蔵の扉が開いた。

「……播磨屋どの」

扉の内側に立っていた播磨屋伊右衛門に、亨が驚いた。

「そろそろお見えかと存じまして」

播磨屋伊右衛門が、蔵の外へと出て小腰を屈めた。

「駕籠を止めよ」

曲淵甲斐守が蔵の前で行列を止めた。

「播磨屋、あれ以来じゃの」

「はい。お奉行さまには、お変わりなく」

曲淵甲斐守と播磨屋伊右衛門がにこやかに挨拶を交わした。

「陰蔵はどうだ」

駕籠から出た曲淵甲斐守が問うた。

「しっかりと吐きましてございまする。咲江を襲わせたのは、竹林一栄の頼みであったと。大坂町奉行の折に配下だった者の娘を人質にされては、お奉行さまも折れるしかないと考えてのことでございましょう。決して咲江に傷を付けぬようにと厳命されていたようでございまする」

端的に播磨屋伊右衛門が陰蔵の白状した内容を語った。

「竹林とのつきあいについても、語ったか」

「はい。もう十二年からのつきあいになるそうで。昔、まだ陰蔵がこのあたりを支配する前に、一度かかわりがあったと」

「奉行所の与力と無頼の頭領がどうやって知り合った」

曲淵甲斐守が首をかしげた。

「竹林でございましたか。そやつが使っている御用聞きが、陰蔵との間を取りもったと申しておりました」

御用聞きのなかには、無頼同然の者もいる。また、そういった連中ほど、闇に詳しく町方役人としては使いやすい。正しいだけの御用聞きでは、融通が利かず、かえって足手まといになるときもあった。

「与力が、無頼とつきあうなど論外である」

「お奉行さま、そうとは限りませぬ。無頼とつきあうことで得るものもございまする」

「そのようなことがあるのか」

播磨屋伊右衛門に言われた曲淵甲斐守が驚いた。

「たとえば、奥州で盗賊と人殺しを働いた悪党が、江戸へ入ってきた。これをもっとも最初に知るのは、無頼なのでございまする。無頼には無頼の縄張りがあり、そこへ入りこんだ者は、挨拶をして滞在を許してもらわない限り、敵として排除されます」

「むう。挨拶をするのか、悪党が無頼へ」

曲淵甲斐守が驚いていた。

「大坂町奉行のときに、このような話を聞いたことはなかったぞ」

「耳に入らないようにしていたのでございましょう」

不満を漏らした曲淵甲斐守に、播磨屋伊右衛門が首を左右に振った。

「…………」

棚上げされたと知った曲淵甲斐守が表情をゆがめた。

「挨拶をした悪党がもめ事をおこさず、江戸を去ったとすればそのまま無頼は黙っておりましょう。しかし、縄張り内で盗人をしたり、人殺しをしたら、無頼は悪党を売るのでございまする。縄張り内でなにかあれば、町奉行所が黙ってはいない。同心や御用聞き、火付け盗賊改め方が縄張りのなかを走り回っていては、とても賭場なんぞ開いてはいられません」

「なるほどの。吾が身の保身だけではなく、利害が絡むか。無頼が町方役人と繋がりを持つのは、そうやって生《い》け贄《にえ》を差し出す代わりに、目こぼししてもらうためか」

播磨屋伊右衛門の説明で、曲淵甲斐守が納得した。

「しかし、認められることではないの。賭博など些細な罪であるが、御上が法度違反に目を瞑《つむ》っていては、民草が言うことを聞かなくなる。無頼は見逃して、我らだけを咎めるのかと言われては、二の句が継げまい」

曲淵甲斐守が理解はしたが、認められないと言った。

「…………」

播磨屋伊右衛門はなにも言わなかった。

「……播磨屋」

あたりを見回した曲淵甲斐守が、播磨屋伊右衛門を見た。

「やけに手厚いようだが」

曲淵甲斐守が、周囲に播磨屋伊右衛門の手の者が多いなと言った。

「用意しておかねばなりませぬので」

播磨屋伊右衛門が淡々と答えた。

「ほう、どうしてわかった」

曲淵甲斐守が興味深そうに、播磨屋伊右衛門へ顔を向けた。

「お見えになるとは思っておりました。ただ、お供の方をどのていどお連れになるかで、いろいろ変わって参るかと考え、人を用意いたしました。不要とあれば、帰らせればすむことでございますので」

「……で、行列の人数が少ないので、出してきたのか」

答えた播磨屋伊右衛門に、曲淵甲斐守が声を低くした。

「はい。十分な人数を連れておられたなら、あちらも馬鹿はできませぬ。返り討ちには遭いたくございませんでしょうし。しかし、なんとかなると思っている範囲ならば、向こうも生死がかかっておりますので、なんとかして陰蔵を仕留めようといたしましょう」

播磨屋伊右衛門が語った。

「陰蔵を狙ってくると」

「…………」

確認した曲淵甲斐守に、播磨屋伊右衛門は無言で応じた。

「怖ろしいものよな、商人というのは。よほどその辺の大名、旗本よりも深くものごとを読んでいる」

「そうでなければ、生き馬の目を抜く江戸で暖簾を守ってはおられません」

播磨屋伊右衛門が胸を張った。

「たしかにの。では、乗ってくれるのだな、吾が策に」

「乗りかかった船どころか、すでに港を離れ、大海原に出ておりまする。今更、降りますは通りませぬ。お奉行さまに勝っていただかなければ、日本橋の名店播磨屋といえども、筆頭与力を敵に回して無事ではおられませぬ」

はっきりと播磨屋伊右衛門が告げた。

「よかろう。では、相手が来るのを待つとしようか」

曲淵甲斐守がうなずいた。

臨時廻り同心岩谷の報せは、町奉行所に残していた手先を通じて竹林一栄に届けられた。

「三十間堀沿いか。近いな」

八丁堀から三十間堀までは、指呼《しこ》の間《かん》と言える。

「揃ったようでもあるしな」

竹林一栄の組屋敷の庭には、同心の証《あかし》である巻き羽織を脱いで着流しになった連中が頭巾を被って集まっていた。

「欠けはないな」

やはり着流しで頭巾姿になった竹林一栄が、最古参の吟味方与力に確認した。

「与力三名、同心十二名、筆頭さまを合わせて十六名、そこに御用聞きが十二名でございまする」

最古参の吟味方与力が述べた。

「それだけいれば、大丈夫だな」

竹林一栄がうなずいた。

「言うまでもなかろうが、殺せ。できるだけ殺せ。とくに甲斐守と内与力は、かならずだ」

集めた者を前に、もう一度竹林一栄が念を押した。

「播磨屋がいたらどういたしましょう」

筆頭同心が問うた。

播磨屋伊右衛門は北町奉行所へ出入りを始めたばかりであるが、江戸でも有数の大店ということもあり、他とは一段違った金額を合力として出していた。

「殺せ。あやつが発端でもある。なにより、陰蔵を捕まえたのはあやつだ。事情を知っていると考えろ」

冷徹に竹林一栄が命じた。

「……では、よいな」

「おう」

「やるぞ」

皆を見回してから宣した竹林一栄に、同心たちが唱和した。

武士が面体を隠す。吉原だとか、深川の岡場所だとかだと、顔を見られたくない武士や僧侶が頭巾を被ったり、笠を着けたりするが、日本橋近くでは、そうそう見られるものではない。しかも、その数が三十人に近いのだ。

「なんだ、あれ」

「押し込み強盗じゃなかろうな」

「阿呆《あほう》、こんな明るいうちから出歩く盗賊なんぞいやしねえよ」

辻を行き交う町人たちが、興味を示した。

「かかわりになったら面倒だ」

「くわばら、くわばら」

だが、武士に絡んでは碌なことにならない。ほとんどの町人は、さっさと目を逸らして歩き去っていった。

「あそこで」

やはり参加した臨時廻り同心岩谷が、播磨屋の蔵を指さした。

「……三十間堀から荷揚げをするために作ったのだろう。入り口は堀に面し、大通りからは見えないようだな。都合がいい。大通りから丸見えでは、誰かが町奉行所へ報せに走らないとも限らないからな」

竹林一栄が喜んだ。

「駕籠があそこに」

入り口近くに曲淵甲斐守の駕籠が置かれているのを最古参の吟味方与力が見つけた。

「よし、まだいるな。兵は拙速を尊ぶ。まさに至言であった。儂の素早い決断がよかった」

曲淵甲斐守が蔵のなかにいると確信した竹林一栄が、自画自賛をした。

「佐藤」

「はい」

名前を呼ばれた最古参の吟味方与力が、竹林一栄に並んだ。

「五名ほどを連れて、向こう側へ回れ。逃げ出そうとする奴がいたら確実に仕留めろ。小者も連れていっていい」

同心五人と御用聞きたちを連れて、逃げ道を封鎖しろと竹林一栄が指示した。

「お任せあれ」

うなずいた最古参の吟味方与力が、後ろを振り向いた。

「おまえたち、付いてこい。そっちの四人もだ」

ひとかたまりになっていた同心と御用聞き四人を選び出し、佐藤が別行動を取った。

「おまえとおまえ、蔵の端、辻門で見張りに立て。他人を通すな」

「これを使っても」

言われた御用聞きが十手に触れた。

なんの後ろ盾もない、ただの男が「ここは通行止めだ、あっちへ回れ」と言ったところで誰も従ってはくれない。どころか「邪魔するな」と喧嘩《けんか》になりかねない。騒動をおこせば他人目を引く。

「かまわぬ。御上の御用だとして、余人を近づけるな」

目立っては、覆面姿で蔵を襲っていることに気付かれる。やむを得ないと竹林一栄が認めた。

「残りの者は、儂と一緒に表から突っこむぞ」

竹林一栄が、手を振った。

「まずは、表に立っている人足どもを退けよ」

「へい」

「合点、承知」

忠誠心を見せるのはここだとばかりに、御用聞きと下っ引きが駆け出した。

「な、なんだ、てめえら」

「やるってか」

人足たちが気付いた。

「わああ」

「喰らえ」

御用聞きと人足がぶつかった。

狭い河岸道や渡り板を争って使うだけに、河岸の荷揚げ人足は気が荒い。

「蔵の戸を破れ」

門番代わりの人足を御用聞きたちに任せて、竹林一栄がなかへの侵入を指示した。

「おう」

同心たちが前へ出た。

蔵といっても播磨屋くらいになれば、しっかりと塀や門を備えた屋敷のような形をしている。その門をこえた敷地に、蔵がいくつも建っていた。

「このていどの門など」

同心が体当たりをした。

いかに裕福な町人といえども、門構えは認められない。せいぜい太い門柱に板戸を付けるのがよいところで、閂《かんぬき》も大名屋敷のように金輪のはまった丈夫なものではない。一度や二度の体当たりで破れるほど弱くはないが、そうそう耐えられはしない。

「よいしょお」

三度目の体当たりで門が破られた。

「行け」

竹林一栄が興奮した。

表での騒動は、すぐに亨たちの耳にも届いた。

「ようやく来たようでございますね」

播磨屋伊右衛門が口の端をつりあげた。

「しかし、よかったのか。行列からも人を出せたのだぞ」

曲淵甲斐守が播磨屋伊右衛門を気遣った。

陸尺《ろくしゃく》を始め、曲淵甲斐守の行列に加わっていた者は、すべて蔵のなかに移動していた。

「無駄に怪我をなさる意味はございませぬでしょう。人足たちは喧嘩慣れしておりますので、引き際も存じております。なにより、あの者どもは泳げますので、いざとなれば三十間堀へ飛びこめば、追ってはこられませぬ」

大丈夫だと播磨屋伊右衛門が笑った。

江戸の者は泳ぎをしない。漁師や荷揚げ人足のように水へ落ちることのある者は泳げるようになるが、普通は水へ入るのを嫌がる。

「着衣のまま、三十間堀へ飛びこむ。まず助かりません」

人足はふんどし一つ、飛びこんだところでまとわりつく衣類はない。

「なるほどな。だが、無駄に怪我人を出さぬようにはいたせ」

「心得ておりまする」

曲淵甲斐守の忠告に、播磨屋伊右衛門がうなずいた。

「どこだ」

「こっちにはいないぞ」

「この蔵は開かぬ」

門のほうから、順に蔵を調べている声が聞こえた。

「そろそろですな。池端先生、志村先生、お願いしますよ」

「腕が鳴る」

「殺してもいいのだな」

池端が勇み、志村が確認した。

「問題はない。他人の家の門を壊して侵入してきたのだ。殺してくれて結構」

曲淵甲斐守が認めた。

「お墨付きをもらったぞ」

志村が歯を見せて笑った。

「亨、そなたも後れを取るな」

「承知いたしております る」

曲淵甲斐守から鼓舞された亨も太刀の柄に手を置いた。

三

御用聞きも含め、十五名ほどで討ちこんだ竹林一栄たちは、順番になかを調べていった。

「ここの蔵は開いているぞ。おおっ、これは灘の酒樽《さかだる》じゃないか。景気づけにいただこうぞ」

酒の力を借りて、より一層士気を高めようと竹林一栄が、樽の酒を使おうと考えた。

「茶碗も、ありやすぜ」

御用聞きが蔵の扉近くに置かれていた茶碗を持ち出した。

「……うまい。よし、遠慮なく呑め」

茶碗を受け取って一気にあおった竹林一栄が、茶碗を次の者に渡した。

「ありがたし。おおっ、さすがは灘だ。しみ通る」

「拙者も」

「吾もいただきますぞ」

次々と手が伸び、たちまち蔵は酒の匂いで満ちた。

「景気づけは終わりだ。行くぞ」

同心たちが使っていた茶碗を取りあげ、たたき割った竹林一栄が決戦だと宣言した。

「やってやる」

「そうだ」

酒が入ったことで士気は高まっていた。

「……どうやら酒を呑んだようでございますね」

「罠《わな》だな」

気配を探っていた播磨屋伊右衛門の独り言に、曲淵甲斐守が応じた。

「はい。これで入ってきたのは、門を壊し、商品を勝手に呑み食いした盗賊となりました」

播磨屋伊右衛門が首を縦に振った。

「結構だ。遠慮は無用である。一同、奮起いたせ」

曲淵甲斐守が、声をあげた。

「あれで奉行とは畏れ入るな」

志村が小声で亨にささやいた。

「主君を侮辱するなよ」

「とんでもない。感心しているんだ。清濁併せ呑むことのできる町奉行だぞ。きれい事を言うだけの世間知らずより、どれだけましか」

釘を刺した亨に、志村が返した。

「褒めているのか、それは」

「……さてな」

首をかしげた亨に、志村が横を向いた。

「すぐそこまで来た。出るぞ」

池端がふざけている志村を睨んだ。

「わかった」

志村の表情が変わった。


堂々と扉を開け放している蔵に、竹林一栄たちが気づくのは当然であった。

「あそこだ。気を付けろ」

竹林一栄が注意を促した。

「早吉《はやきち》、様子を見てこい」

定町廻り同心が、配下の御用聞きに手を振った。

「あっしだけで……」

敵の本拠地の様子を見てこいと言われた御用聞きが二の足を踏んだ。

「根性のねえ。あと二、三人連れていけ」

「へい。おい、頼む」

「しかたねえ」

御用聞きたちが、腰の引けた状態でおずおずと近づいていった。

「…………」

無言で池端が蔵から飛び出した。

「ちっ、遅れた」

舌打ちした志村が続いた。

「いきなりか」

亨があわてた。

「拙者も」

供頭が続こうとした。

「待て。そなたは、ここの守りだ。なにがあっても播磨屋を死なせるわけにはいかぬのだ。これだけのお膳立てをしてもらったのだぞ」

興奮して浮かれた供頭を曲淵甲斐守が叱った。

「……気付かぬことをいたしました」

供頭が頭を下げた。

「…………」

家臣をたしなめながらも曲淵甲斐守が不安そうな目を亨たちへと向けた。

「ご無礼ながら……大事ございません」

播磨屋伊右衛門が曲淵甲斐守に微笑んだ。

「池端、志村の二人は、そこいらの道場主をあしらえるだけの腕を持っております。そして城見さまはその一人志村が、同格と認められたお方。あのていどの連中に負けるはずなどございませぬ」

心配ないと播磨屋伊右衛門が断言した。

「ふむ。それほどか」

曲淵甲斐守が眇《すが》めた目を少しゆるめた。

「うわっ、出た」

入り口に近づいた御用聞きが、向かってきた池端と志村に跳びあがった。

「逃げろ」

「わあ」

たちまち御用聞きたちが踵を返した。

「逃がすかよ」

ぐっと足に力を入れた志村が、御用聞きの背中に迫った。

「わあああ」

振り向いた御用聞きが悲鳴をあげた。

「寝てろ」

志村が太刀の峰で御用聞きの後頭部を叩いた。

「さすがに無手の者を殺すのは気が引けたか」

池端が志村を見た。

「後片付けをする手が要るだろう。後で酷使してやるためだ。先にもらうぞ」

気を失った御用聞きを放置して、志村が固まっている竹林一栄たちへと突っこんだ。

「そうはさせぬ」

池端も足に力を入れた。

「すさまじいな」

後を追いながら亨は、二人の足の疾《はや》さに驚いていた。

「あっという間に五間（約九メートル）離された」

亨も必死で走っているが、勢いの付いた二人にはかなわない。

「なんだ」

物見に出した御用聞きが悲鳴をあげたと思ったら、あっさりと昏倒された。そして浪人が太刀を構えて突っこんでくる。

竹林一栄が唖然とした。

「えっ」

「どうなっている」

他の与力、同心も同じであった。なにせ、町方役人は襲うほうであって、襲われるほうではないのだ。御上の代理でもある町方役人に白刃を突きつける者など、まずいない。

「盗賊どもめ、そこへ直れ」

池端が怒鳴りつけた。

「……と、盗賊だと。無礼な、我らはまちがった世をただすべく……」

盗賊扱いされた竹林一栄が我に理ありと叫んだのを無視して、志村が太刀を振るった。

「おうりゃあ」

「ぎゃあ」

竹林一栄の前に出ていた同心が、胴を割られて絶叫した。

「なにをする。我らは……」

「やかましい。商家の蔵屋敷の門を破り、商品を勝手に飲み食いした者が、盗人でなくてなんだと言うか」

亨が竹林一栄の口上に被せた。

「うっ」

事実に竹林一栄が詰まった。

四

「盗賊ども、手向かいせず刃物を捨て、地に伏せ。さすれば命は助けてやる」

一応、町奉行所の内与力なのだ。犯人は殺さず捕まえるのが筋になる。勧告を亨はおこなった。

「ええい、相手は三人だ。やってしまえ」

人は焦ると視野が狭くなる。蔵のなかにまだ控えている曲淵甲斐守の家臣たちのことを竹林一栄が放念した。

「そうだ。三人だぞ」

「こちらは五倍近いのだ」

うろたえていた与力、同心たちが気を取り直した。

「四倍だろう」

志村がにやりと笑った。

「えっ……」

まぬけた顔をした与力の目の隅に、倒れ伏した同心たちが映った。

「いや、三倍ちょっとだな」

池端が間抜けな目で動きを止めていた与力を斬った。

「こいつっ」

ようやく竹林一栄が気を取り直した。

「個々であたるな。数人で固まれ、数の優位を使うのだ。今、しばらく維持できれば、別働隊が来る」

最初に分かれた裏門組の到着を待って反撃に出る、と竹林一栄が策を告げた。

「ほう、まだいたか」

池端が面倒くさそうな顔をした。

「……………」

志村が無言で間合いを広げた。

ばらけているから、一対一に持ちこめている。それがまとまられてしまえば、一人を襲っている間に、こっちが他の敵から狙われる。

金で雇われているとはいえ、命まで売ったわけではない。用心棒として当然の対応であった。

「いいのか、手間をかけて」

亨が竹林一栄に話しかけた。

「……………」

竹林一栄が亨を無視した。

「頭巾を被ればわからないと思っているならば、甘いぞ。背丈、声、刀の拵え、それだけで誰かはわかる」

亭が今更黙っても遅いと言った。

「……なにが言いたい」

少しだけ考えた竹林一栄が亭に応じた。

「表の人足、二人が逃げただろう。今頃大番屋に駆けこんでいるぞ」

亭が述べた。

大番屋は八丁堀と日本橋の間くらいにある。ここから近い。逃げるために三十間堀へ飛びこんだとしても、そうそう手間取る距離ではなかった。

「大番屋を支配しているとはいくまいが。南町奉行所が動けば、おまえたちは終わりだ。面体を隠しての強盗行為、いかに仲間といえども見逃してはもらえぬ」

亭が語った。

町方役人は八丁堀に組屋敷を持ち、全員が親戚づきあいをしている。とはいえ、あからさまな犯罪を見逃すことはできなかった。もし、北町奉行所の役人がしでかしたことを、南町奉行所がもみ消したなどと噂になれば、庶民たちが黙っていない。

庶民には違いないが、老中と膝詰め談判できる豪商もいるのだ。そこから話が回れば、町方役人なぞ、消し飛ぶ。

「……ちいい、悠長に待ってもおれぬか。皆、三人一組になれ、三人で一人にあたるのだ。小者どもは、適当にそのあたりのものを投げつけよ」

「嫌なことを言いやがる」

竹林一栄の指示を聞いた志村が苦い顔をした。

「投擲《とうてき》はうるさい」

池端も同意した。

ものが投げつけられると、どうしても注意がそちらに向く。下手をすれば投げたものが顔に当たったり、避けようとして頭を振ったりして、大きな隙《すき》を作ってしまう。

「へっ、へい」

御用聞きたちが、あわてて地面を見て投げられるものを探した。

「おいっ」

「ああ」

「承知」

一度一緒に戦っている。三人はあるていど意思の疎通ができるようになっていた。

「ふん」

「………」

「やあ」

手に持つまで投擲はできない。池端、志村、亨が太刀を振りあげて、三人ずつにまとまっていた一つの固まりへと襲いかかった。

「なっ」

「馬鹿な、なぜ」

狙われた三人が焦った。

三人で一人を抑えるはずが、同時に来られては三対三、つまり一対一になってしまう。

「助けろ」

竹林一栄が大声で指示するも、怖れを感じていた残り二つの組の動き出しは遅かった。

「喰らえっ」

「きええい」

「とう」

池端、志村、亨がそれぞれの相手に斬りかかった。

「なんの、があ」

「ぎゃああ」

それぞれが防ごうとしたが、焦りはどうしても動きを硬くする。池端と志村の相手は、それぞれの左腕を斬り落とされた。

「こいつっ」

亨の一刀を同心が受け止めた。

「むう」

二人の太刀が嚙み合って止まった。

「甘《あめ》えぜ、城見」

つばぜり合いになった同心と、城見の間に志村が割って入った。

「殺すと決めたら、ためらうんじゃない。とくに敵が多いときはな。つばぜり合いに持ちこまれたら負けだ。背中ががら空きになるからな」

亭の相手の同心の脇腹に太刀を突き刺しながら、志村が教訓を垂れた。

互いの太刀をぶつけたつばぜり合いは全力を注がなければならず、一瞬の油断もできなくなる。太刀に相手の体重がかかっていることもあり、迂闊に力を抜いたり、逸らそうとしたりすると体勢が崩れ、隙を生む。なにせ間合いはほとんどないに等しいのだ。つばぜり合いから逃げようと後退したら、そのまま押し被せられて、太刀で首筋や胸の急所をやられてしまう。相手が隙を作ってくれるまで、つばぜり合いは耐えるしかない。そんなところへ、別の敵が近づいたら、対処などできるはずもなかった。

「感謝する」

「いいさ。数で負けているときに、味方を見殺しにするのは、己の首を絞めるのと同じだからな」

礼を言った亭に、志村が照れくさそうに手を振った。

「次が来るぞ」

池端が二人に警告した。

「来い」

げつけろ」


「望むところだ」

志村と亨が闘争心をむき出しにした。

「なにをしている。同時にかかれ。挟み撃ちにするのだ。小者ども、なにも石を拾わなくとも、手持ちのものでいい。財布でも煙管でも、十手でもいい。さっさと投げつけろ」

竹林一栄が残った配下を怒鳴った。

「援軍を待つのでは」

与力の一人が別働隊の到着を待たなくてもいいのかと確認した。

「待つ間に全滅するではないか」

竹林一栄が苛立《いらだ》った。

「逃げる気はなさそうだ」

池端が竹林一栄たちから目を離さずに言った。

「逃げても行き場所は、もうねえからな」

志村が歯を見せて笑った。

「我らを殺し、播磨屋どのとお奉行さま一行を討ち果たさねば、竹林たちに道はない」

　覆面なんぞ、端から意味をなしていない。覆面が効果を出すのは、声を知らない、仕草を知らない相手だけで、十二分な交流がある相手には、ほとんど意味をなさなかった。

「江戸を売るという手もあるぞ」

　池端がわざとらしく口にした。

「江戸町奉行の手が届くのは、市中だけだ。さすがに品川をはじめとする新宿、板橋、千住などの四宿も管轄外とはいえ、影響は及ぼせるが、箱根、あるいは碓氷《うすい》、白河をこえてしまえば、手も届かぬ」

「たしかに。そうなればお奉行さまでもどうしようもない」

　相手の動揺を誘おうとしている池端の案に、亨が乗った。

　逃げ道がないからこそ、人は必死になる。助かるかも知れないと思っただけで、死を怖れぬ兵はただの人に戻る。

「おいっ」

「……ああ」

同心数人の腰が引けた。

「まあ、その代わり、今までのように美味《おい》しい思いはできなくなるな。罪人だから禄もなく、商家からの付け届けもない。どうやって食べていくつもりだ。咎人として手配されてしまえば、仕事を得るなど無理だし、いつ見つかるかも知れない人の多い城下や宿場町にはおられず、不審がられる前に居場所を変えて、転々とする根無し草になるしかない。辛いぞ、これは」

浪人としての経験なのか、志村が首を左右に振った。

「……うっ」

「何もかも失う……」

与力、同心が顔を見合わせた。

「やるぞ」

「ああ」

与力、同心たちの目つきが変わった。

「志村……」

せっかくの策を崩された亨が志村を恨めしそうな目で見た。

「こんな連中を野に放ってどうする。喰えなくなったら、斬り取り強盗をするぞ。そうなったとき、城見、おぬしはどうやって遺族に詫びるのだ」

冷たい声で志村が言った。

「……………」

亨は反論できなかった。

「ぼうっとするな。来るぞ」

志村が亨に檄を入れた。

「……こいつ」

亨は文句を飲みこんで、腰を落とした。

「うわあああ」

「死ね」

与力や同心が太刀を抜いて迫ってきた。

「真ん中」

「左」

短く口にした池端と志村が前に出た。

「ならば」

自然と右から来る敵が、亨の担当になった。

「投げつけろ」

竹林一栄の合図で御用聞きたちが懐のものを投げつけてきた。

「慣れてないな」

見当違いのところには行かないが、手前で投げられたものは落ちている。

亨は安堵した。

「おまえのせいで」

亨のことを知っているらしい敵が、斬りかかってきた。

「自業自得だろうが」

言い返しを気合い代わりにして、亨は太刀を薙《な》いだ。

「このていど」

相手の同心が、亨の薙ぎを受け止めた。

町方同心は犯罪者を捕まえるために、あるていどの武芸を身につける。といったところで、まともに修業した者に比べればかなり落ちるが、決死となった今、技以上のものを出していた。

「なんの」

亨はつばぜり合いを避けるため、止められた太刀を弾きあげた。

「あっ」

止めることに集中していた同心は対応できず、上へと太刀を持ちあげられた。

「ぬん」

がら空きになった胴を亨は突いた。

「ぐあ」

みぞおちを貫かれた同心が崩れ落ちた。

「よくも、新藤を」

すぐに別の同心が斬りかかってきた。

「……………」

足下に同僚の死体がある。さすがにそれを踏みつけにはできなかったのだろう、かなり遠い間合いでの攻撃は、亨でもわかるほど届かなかった。

「見たか……なぜだ」

空を切った切っ先に、同心が呆然とした。

「甘いわ。敵を屠《ほふ》るに情けは無用」

咲江を狙われたうえ、主君にまで危難を及ぼそうとした。亨はかなり怒っていた。

亨は地に伏している同心の身体を踏みつけにして、間合いを縮めた。

「きさま、なにをする……」

無礼だと襲いかかってきた同心が、亨を咎めようとした。

「……ぎゃあ」

十分な踏みこみから繰り出された亨の一刀が、苦情を口にしようとした同心を真っ向から割った。

「できるじゃねえか」

情け容赦ない亨を、志村が褒めた。

五

「こっちは片付いたぞ」

「拙者もな」

池端と志村は、亨が一人を斬る間に、二人ずつの犠牲者を追加していた。

「残るは、おめえと小者だけだな」

志村がにやりと笑った。

「……こんなことが……」

「ひいい」

竹林一栄が信じられないと呆け、御用聞きたちが腰を抜かした。

「殺していいんだよな。殺しに来たのだからな」

志村が血にまみれた太刀を竹林一栄へと向けた。

「ひゃ、ひゃああ」

竹林一栄が妙な声を出し、後ずさった。

「ひ、筆頭さま」

「佐藤……」

そこへ、蔵屋敷の裏へ回っていた佐藤が五名の同心と数人の御用聞きを引き連れて登場した。

「遅くなり申しわけございませぬ。裏はしっかりと門がかかっており、表まで回らざるを得なかったもので……」

言いわけをし始めた佐藤が、周囲の惨状に気付いた。

「げえっ」

漂う血臭と酸鼻な有様に、佐藤が吐いた。

「こ、こやつらを討て、討ち取れ」

竹林一栄が震えながら、佐藤たちに命じた。

「こいつらさえ倒せば、曲淵甲斐守の守りはなくなる」

家臣のことを竹林一栄は伝えなかった。

「こやつらだけで、これだけの者を……」

指図された佐藤が、ためらった。

「やれ、やらねばならぬ。佐藤、そなた、娘の嫁入りが近いのだろう。人並みの用意をしてやりたかろうが。甲斐守の思惑通りになったら、簞笥《たんす》の一棹《ひとさお》も買えなくなるぞ」

「うっ」

「そなたたちも、そうだ。ここで甲斐守を排除しておかねば、我らに夢はなくなる」

「たしかに」

竹林一栄の煽りに、別働隊のやる気があがった。

「一人は任せろ。一刀流の冴《さ》え見せてくれる」

大柄な同心が進み出た。

「腕自慢か、手応《てごた》えがなさすぎて、飽きたところだ。拙者がもらおう」

志村が喜んで応じた。

「馬鹿が、試合ではないのだぞ。数で押し包み、片を付けろ」

竹林一栄が怒った。

「では、あちらの浪人者を」

「よろしかろう」

「内与力を」

「うむ」

残った者たちのなかで、配分が決まった。

「こいつらを片付け、甲斐守の命を獲《と》った者には、百両、いや二百両出そう」

さらなるやる気を願って、竹林一栄が褒賞を口にした。

「豪儀なことだ」

池端が驚いた。

「寝返りたくなったぜ」

対峙《たいじ》しながら、志村が笑った。

「その手があったか……どうだ、五十両ずつ出す、二人ともこちらに付け」

妙案だと竹林一栄が、手を打った。

「微妙に値切られたぞ」

志村があきれた。

「あいにくだったな。相手が悪すぎる。播磨屋を敵に回すとなれば五十両が百両、いや二百両でも割が合わないんでの」

池端が首を横に振った。

「こっちも御免だな。どうもおめえは気に喰わねえ。仲間ばかり働かせて、まったくなにもしようとしねえ。そんなやつの下に付いたら、命がいくつあっても足りやしねえからな」

志村も拒んだ。

「こ、殺せ」

断られた竹林一栄が真っ赤になった。

「来いっ」

亨も気合いを入れた。

「行くぞ、浪人」

腕自慢の同心が志村に太刀を向けた。

「少しは楽しませてくれよ」

志村も合わせて、太刀を構えた。

「生意気な」

浪人に不遜《ふそん》な態度を取られた腕自慢の同心が、機嫌の悪い顔になった。

「地獄で後悔しろ」

腕自慢の同心が太刀を振りあげた。

「…………」

逆に志村が太刀を下段に変えた。

「おりゃ、おりゃ」

切っ先を小さく上下させる、鶺鴒《せきれい》の尾と呼ばれた一刀流独特の動きを、腕自慢の同心が見せた。

「切っ先を固めないようにか」

志村がほんの少しだけ、膝を曲げた。

「固まる前に動けばいいだけのことなのに、習慣《くせ》は抜けぬようだ」

膝を伸ばした志村が、矢のような勢いで相手の懐へと飛びこんだ。

「おうっ」

一気に間合いをなくされた腕自慢の同心が、あわてて太刀を落とした。が、すでに志村の身体は、腕自慢の同心と接していた。

「……どうして」

腕自慢の同心が唖然とした。間合いがなさすぎて、落とした腕自慢の同心の両手が志村の肩に突っかかって、太刀が止まっていた。

「道場じゃねえ。殺し合いの場に、稽古《けいこ》を持ちこむな」

志村が腕自慢の同心に告げた。

「がはっ」

撥ねあげた志村の一刀に下腹を存分に割かれた腕自慢の同心が血を吐いて白目を剝いた。

「少しだけ、緊張したぞ。誇れ」

志村が腕自慢の同心に語りかけた。

「次は……」

腕自慢の同心の身体を突き放した志村が、残っている敵を見回した。

「ちっ。もう残っちゃいねえじゃねえか」

志村が舌打ちした。

「駄目だ」

援軍の残りも二人になった。竹林一栄が蒼白になった。

「おおっ、いた、いた。総大将が残っている」

その竹林一栄に志村が目を付けた。

「ひいいい」

竹林一栄が悲鳴をあげた。

「そこ、動くな」

志村が白刃で竹林一栄を指した。

「わああ、儂がこんなところで死んでいいはずはない。さ、再起を図る。そのための撤退じゃ。小者ども、ものを投げつけろ。足止めじゃ」

御用聞きたちにもう一度投擲を命じて、竹林一栄が逃げ出した。

「じょ、冗談じゃねえ。旦那が死んじまったんだ、おいらたちはどうなるんで」

残された御用聞きたちが戸惑った。

「小者を斬るつもりはねえ。さっさとどきやがれ」

竹林一栄を追おうとした志村は、うろたえている御用聞きたちを怒鳴りつけた。

「ひっ、お助け」

「命だけはご勘弁を」

血刀を振り回した志村に、御用聞きたちが一層怯え、地面に膝を突いて命乞いを始めた。

「よけい邪魔じゃねえか。くそっ、見えなくなりやがった」

見えていた竹林一栄の背中が、消えていた。

「どけっ」

座りこんでいる御用聞きを跳びこえて、志村が後を追った。

「ぎゃあ」

「悪かった、だから」

池端が一人葬り、残り一人となった同心が太刀を捨てて、亨に降伏した。

「終わったようだな」

池端が太刀の血を懐紙で拭《ぬぐ》いながら確認するように言った。

「志村がおらぬ」

戦いに必死で、志村への気配りができていなかった亨が、あたりを見た。

「偉そうにしていた奴が逃げたので、追っていった」

しっかり池端は見ていた。

「しまった」

竹林一栄を逃がしたと知った亨が息を呑んだ。

「なんとしても……」

志村に続こうとした亨に、制止の声がかかった。

「止めよ」

蔵から曲淵甲斐守と播磨屋伊右衛門が出てきていた。

「殿……」

戦いで平常心を失っていた亨が、曲淵甲斐守を奉行ではなく、主君として呼んだ。

「追わずともよい」

「ですが、肝心要の竹林を逃がしては……」

亨が曲淵甲斐守に迫った。

「城見さま、そのままお外へ出られるおつもりでございますか」

播磨屋伊右衛門が亨に問うた。

「なにがだ」

亨がわからないと首をかしげた。

「血まみれでございますよ。返り血なんでございましょうが、血刀を持ち、真っ赤に染まったとも思える衣服を着たお侍が、江戸の町を駆けては、大騒動になりましょう」

「あっ」

言われて亨が己の姿を見た。

「志村さまは、浪人。そういった姿を見られても、後々の影響はございましょうが、さほどではございませぬ。浪人は江戸に掃いて捨てるほどおりますので。しかし、城見さまはいけませぬ。どこで城見さまのことを知っている人と会わぬとも、姿を見られぬとも限りませぬ。そうなれば、累は甲斐守さまにまで及びましょう」

「…………」

人通りの多い日本橋付近を白刃を手にしてうろつくだけでも、町方が出動する騒ぎになる。ましてや血刀で返り血塗《まみ》れとなれば、噂になって当然であった。

「……すまない。逃げられた」

残念そうに志村が戻ってきた。

「ご苦労であった。今更竹林一人を逃がしたところで、どうということはない。もう、竹林は八丁堀の組屋敷にも帰れぬ。町方役人ではおれぬのだ」

曲淵甲斐守が竹林一栄の与力生命は終わったと述べた。

「さて、余は町奉行所に戻り、残った連中を把握せねばならぬ。ここの後始末を任せてよいか、播磨屋」

「はい」

曲淵甲斐守の求めに、播磨屋伊右衛門がうなずいた。

「お発ちの前に、城見さま、お着替えを。御紋付は間に合いませんでしたが、小袖と袴ならば用意しております」

「なにからなにまですまぬな」

亭に代わって、曲淵甲斐守が礼を言った。


ふたたび行列で町奉行所へ戻った曲淵甲斐守が、左中居作吾を呼びつけた。

「無事のお帰り、おめでとうございまする」

町奉行所から吟味方与力と、廻り方同心のほとんどがいなくなったのだ。年番方与力がそれに気付かぬはずはない。左中居作吾は、曲淵甲斐守の帰還を祝った。

「そなたに筆頭与力を命じる」

「……承りましてございまする。今後はご指導を賜りますよう」

それだけで結果がどうなったかはわかる。左中居作吾は、手を突いて曲淵甲斐守の下に入ると応えた。

「今、奉行所におらぬ者の把握はしておるな」

「はい。定町廻りに出た三名は除いてもよろしゅうございましょうや」

念を押した曲淵甲斐守に、左中居作吾が伺った。

「役目に精励な者は別じゃ」

「かたじけのうございまする」

一度逆らったが反省した者は許すとした曲淵甲斐守に、左中居作吾が頭を垂れた。

「欠員が出たぶんは、そなたに任せる」

「承知いたしましてございまする。隠居のうえ、新たな召し出しといたしたく」

死亡ではなく、隠居としたいと左中居作吾が求めた。

「そのあたりも、すべてそなたの差配に任せる」

曲淵甲斐守が認めた。

「では、早速に……」

一礼して左中居作吾が、曲淵甲斐守の前から下がろうとした。

「左中居」

曲淵甲斐守が止めた。

「なんでございましょう」

左中居作吾が姿勢を正した。

「次はない」

途中で袂《たもと》を分かったとはいえ、当初左中居作吾は竹林一栄と組んで曲淵甲斐守の足を引っ張っていた。そのことを曲淵甲斐守は蒸し返した。

「……心に刻んでおきまする」

釘を刺された左中居作吾が深く平伏した。

「これでようやく、余の思うように動ける」

左中居作吾の去った後、曲淵甲斐守が、一人で凱歌をあげた。

この作品は書き下ろしです。

町奉行内与力奮闘記《まちぶぎょううちよりきふんとうき》六

雌雄《しゆう》の決《けつ》

上田秀人《うえだひでと》

平成30年3月15日　初版発行

発行人――石原正康
編集人――袖山満一子
発行所――株式会社幻冬舎
〒151-0051東京都渋谷区千駄ヶ谷4-9-7
電話　03(5411)6222(営業)
　　　03(5411)6211(編集)
振替00120-8-767643
印刷・製本―株式会社　光邦
装丁者――高橋雅之

幻冬舎時代小説文庫

ISBN978-4-344-42711-2　C0193　う-8-15